光文社文庫

長編推理小説

十津川警部　金沢・絢《けん》爛《らん》たる殺人

西村京太郎

光　文　社

目次

第一章　加賀宝生《ほうしょう》

1

その死体は、女の能面を付け、きらびやかな能衣装を着て、うつ伏せに倒れていた。

死体の両側には、篝《かがり》があったが、その篝火は、すでに、燃え尽きていた。

ただ、そこは能舞台ではなくて、ビルの屋上だった。

広い屋上には、東京上空の遊覧飛行を謳《うた》い文句にしている会社のヘリが、停まっていた。

ほかに、屋上にいるのは、警視庁捜査一課の十津川《とつがわ》と、彼の部下の刑事たちだった。

警察に、一一〇番してきたヘリのパイロットが、十津川に説明する。

「昨夜の午後七時頃でした。ウチの営業所に、このお客さんがやって来ましてね。とにかく、このビルの屋上まで、運んで欲しいといわれたんですよ。それで、お客さんと、篝を二つここまで運びました。その後、このお客さんが、どうなさったかは、分かりませんが、朝になったら、午前六時から七時の間に、迎えに来て欲しい。そういわれていたんです。いわれた通り、午前六時に迎えに来てみたら、お客さんが、能面を付けたまま、死んでいたんです。それで、ビックリして一一〇番したんですよ」

「昨夜、営業所に来た時は、この能衣装を着て、能面を、付けていたんですか？」

十津川が、きいた。

「ええ、すでに、能衣装は着ていらっしゃいましたが、能面は、付けていらっしゃいませんでしたね。能面を付けたままだったら、ビックリしたでしょうが」

パイロットが、青い顔で、いう。

亀井《かめい》刑事が、死体を仰向けに直して、面を取った。

そこには、四十歳くらいと思われる、男の顔があった。

「昨夜、営業所に来たのは、この人に間違いありませんか？」

十津川が、きくと、パイロットは、うなずいて、

「ええ、間違いなく、この人でした」

「名前は、もちろん、おききになったんでしょうね？」

「確か、荒井信夫《あらいのぶお》さんと、おっしゃっていました。正規の料金のほかに、別料金も、支払

うので、篝も一緒に乗せていって欲しい。それから、向こうで、篝に火をつけるのを手伝って欲しい。そういわれましてね。その分だけ、余計に払っていただいたので、このビルの屋上まで、お運びしたのですが、まさか、こんなことになるなんて、夢にも思いませんでした。今はただただ、驚いています」

「このビルは、KSという製薬会社の本社ビルですが、そのことは、荒井信夫という人は、知っていたんでしょうかね？」

十津川が、きくと、パイロットは、首を傾《かし》げて、

「さあ、どうだったんでしょうか。もちろん、この仕事を、引き受ける時に、おききしましたよ。あのビルは、今、刑事さんがいったように、製薬会社の本社ビルだから、そちらには当然、了解を取っているんでしょうねと、おききしました。そうしたら、もちろん、了解は取ってある。そうおっしゃいましたけどね。こんなことになってくると、信用できなくなりました」

「そうなんです。実際には、殺された男性は、このビルの所有者には、了解は取っていなかったようですよ。われわれは、このビルの正面から、入ってきたんですけど、屋上で、殺人事件があったことは、誰も知らなくて、驚いていましたからね」

「だから、夜になってから、運んでくれといったんでしょうね。昨夜、私が、このお客さ

んを、運んだ時は、もう、このビルには、誰もいませんでしたからね。そして、朝、来た時も、まだ出社前で、ビルの中は、静かでしたよ」

「そうなると、このビルに、誰もいなくなった夜に来て、能を舞って、社員が、朝、出社して来るまでの間に、いなくなるつもりだったのかも知れないな」

独り言のように、十津川が、いった。

検屍官が、十津川に、

「被害者、首を絞められているね。ロープの跡があるから、たぶん、後ろから絞められたんだろう」

「もう一度、確認したいんですが」

と、十津川は、パイロットに向かって、

「昨日の午後七時に、被害者は、お宅の営業所に来て、ヘリコプターを一機、チャーターしたわけですね？」

「ええ、そうです」

「その時すでに、能の衣装を着ていたが、面は、かぶっていなかった。篝を二つ持ってきて、これも一緒に、このビルの屋上まで運んで欲しい。そういったんですね？」

「その通りです。篝に火をつけるのを手伝って欲しいともいわれました」

「その時、被害者は、一人で来たんですね？」

「そうです」

「ヘリで、この屋上まで来た時には、何時になっていましたか？」

「確か、午後八時に、なっていたと思います。正確な時刻は、よく覚えていないのですが、午後八時前後だったことは間違いありません。そして、このお客さんを手伝って篝を二つ置き、それから、火をつけたんです」

「それからヘリを操縦して帰ったんですね？」

「ええ。その時、振り返ったら、このお客さんは能面を付けていましたね」

「もう一つおききしますが、名前は、荒井信夫といった。住所は、ききましたか？」

「確か、名刺を、もらったんですよ。それに、住所も書いてありました」

パイロットは、そういいながら、ポケットから、名刺を取り出して、十津川に見せてくれた。

確かに、そこには、荒井信夫と、書かれている。住所は、東京都世田谷区松原七丁目六番地となっていた。

十津川は、苦笑して、

「この住所は、デタラメですよ」

「本当ですか？　でも、どうして、ウソの住所を書いた名刺なんかを渡したんでしょうか？　今もいいましたように、正規の料金のほかに、きちんと、割増料金まで払ってもらっていましたから、本当の住所と名前を書いた名刺だとばかり、思っていたのですが」

「世田谷区松原は六丁目までで、七丁目はないんですよ」

十津川が、いった。

荒井信夫という名前も、本名かどうか、分からなくなってくる。

「もう帰ってもいいでしょうか？」

パイロットが、きくので、十津川は、ＯＫを出した。

回転翼が勢いよく回り始めると、激しい風が屋上に吹き渡った。

十津川たちは、慌てて頭を押さえた。

その間に、ヘリは、飛び立っていった。
五、六分して、十津川が頼んでおいた人が、屋上にやって来た。
この近くに住んでいる、吉田清太郎《よしだせいたろう》という能役者である。

十津川は、吉田に向かって、わざわざ、来てくれたことに、まず礼をいってから、

「私は、能というものにあまり詳しくないのですが、ここで死んでいる、この人が、どういう能を舞ったのか、お分かりになりますか？　女の面を、付けていましたし、衣装はこ

のままだったのですが、昨夜、この屋上で、篝火を焚《た》いて、能を舞ったらしいのですよ」

吉田は、あっさりと、

「ええ、もちろん、分かります。これは、花筐《はながたみ》という演目です。別に、花形見とも書きますが」

「どういうストーリーか、教えていただけませんか？」

「昔、越前の国の味真野《あじまの》という里に、照日前《てるひのまえ》という娘さんがいたんです。その娘さんは、大迹部皇子《おおあとべのおうじ》に愛されていましてね。その皇子は、都で皇位を継ぐために、その照日前という恋人を残して、一人で都に行ってしまうんです。都に出発する時、その皇子は、花籠《はなかご》を恋人に渡しました。ところが、天皇になった皇子は、なかなか会いに来てくれません。そこで、照日前は、狂ってしまいました。つまり、狂女になって、今は天皇の位に就いた皇子を追いかけるわけです。天皇が紅葉狩りをやっているところで出会い、狂いながら、舞を舞う。それが、この花筐という能なんですよ」

「それで、最後は、どうなるんですか？」

「最後は、ハッピーエンドで、その娘さんは、天皇と一緒に都に行く。見せ場は、照日前という娘が、狂女となって舞を舞う。そこが、この能のいちばんの見どころといってもいいと思いますね」

「この被害者は、昨夜、午後八時頃に、この屋上で、二つの篝火を焚いて、花筐という能を舞ったということになるわけですが、夜、篝火を焚いて、能を演じるということは、よくあるんですか？」

「ええ、もちろん、ありますよ。京都の野外の舞台で、篝火を焚いて舞うことも、毎年やっていますから。しかし、ちゃんとした能舞台ではなく、こういうビルの屋上で舞うということは、まずありませんね。どうして、この人は、こんなところで、花筐を舞ったんだろう？」

吉田は、首を傾《かし》げて、被害者に目をやっている。

「あなたから見ても、これは、おかしいですか？」

「ええ、おかしいですよ。どう考えたって変でしょう？　ここは、確か二十階建てのビルの屋上でしょう？　そこで夜、篝火を焚いて、花筐を舞ったとしても、いったい、誰に見せるつもりだったんでしょうか？　それが、分かりません」

確かに、吉田という能役者が、いう通りなのだ。被害者は、ここで、いったい誰に、見せようとして、花筐という演目を、演じたのだろうか？

十津川は、改めて、周囲を見渡した。ほとんどのビルが、このビルよりも低い。

いや、一つだけ、このビルよりも高いビルが近くにあった。

三十四階建ての超高層ホテルである。

「あのホテルは、何といったかな？」

十津川が、きくと、亀井が、

「確か、ニュー東京ホテルじゃありませんか？」

と、いう。

ほかに、こちらの屋上よりも高いビルは見つからなかった。

とすれば、昨夜、ここで花筐という演目を舞った被害者は、五十メートルほど先にある超高層ホテルに、泊まっていた客に、見せるために、このビルの屋上で能を舞ったのではないのか？

「もう一つ、教えて頂きたいことがあるんです」

と、十津川は、吉田に向かって、

「この女の面ですが、目が、金色に塗られていて、少しばかり、気味が悪いんですが、何という面なんですか？」

「これは、泥眼《でいがん》と呼ばれていて、怨霊《おんりょう》の面で、女の嫉妬《しっと》や、恨みを表すものです。この人は、なぜ、花筐を演じるのに、こんな面を付けていたんだろう？」

また、吉田は、首を傾げていた。

2

司法解剖のために、死体を東大病院に運んだ後、十津川は、亀井と二人、パトカーでニュー東京ホテルに向かった。

何気なく、十津川たちは、ホテルの中に入っていったのだが、雰囲気がおかしかった。私服の刑事たちが、何人か、ロビーに姿を見せていたからである。

十津川は、思い出した。確か昨日から、このニュー東京ホテルに、南米、いわゆる、ラテンアメリカの小さな国の大統領が、泊まっているはずだった。

ロビーにいた刑事たちの中に、顔見知りの井上《いのうえ》というSPを見つけて、十津川のほうから、声をかけた。

「何となく、ピリピリしているね」

十津川が、いうと、井上は、

「捜査一課の十津川さんが、わざわざ、来ているところを見ると、やっぱり、何かあったんですね？」

「実は、このホテルに近いビルの屋上で、殺しがあったんだよ。私が、捜査を担当することになったんだが、確か、ここには、昨日から南米の国の大統領が、来ているはずだったね？」

「そうです。来日して、首相と懇談した後、このニュー東京ホテルに、泊まられたんです。何でも、近くで事件があったらしいときいて、心配していたんです。どんな事件だったんですか？」

今度は、井上が、十津川に、きいた。

「それが奇妙な事件でね。ここから五十メートルほど先に、二十階建てのビルがあるんだ。その屋上で、昨夜、能衣装を着け、女の面をかぶった男が、篝火を焚いて能を舞ったんだが、その男が、殺されてしまってね。犯人は、まだ、判明していないんだが、いちばん分からないのは、どうして、ビルの屋上なんかで、能を舞ったのかということなんだ。誰に見せるために、そんなことをしたのか？　それが分からなくてね。あのビルよりも高いのは、このニュー東京ホテルしかないんだ。そうなると、昨夜、ここに泊まったお客の誰かに、見せるためだったんじゃないかと思ってね。それで、ここに来てみたというわけなんだ。このホテルでも、あのKSビルの屋上が、窓から見える部屋となると、限られるんじゃないのか？」

「それなら、フロントできいたほうが、早いですよ」

と、井上が、いった。

十津川と亀井は、フロントで、話をきくことにした。

このニュー東京ホテルは、本館のほうが十五階建て、そして、別館のほうは円筒形で、三十四階まである。

問題の屋上が見えるところというと、この別館の二十階以上、三十四階まで、更に、絞っていくと、各階に一部屋ずつしかないという。

「南米から来られた大統領ですが、その大統領が泊まった部屋からも、問題の、ＫＳビルの屋上が見えますか？」

十津川が、きくと、フロント係はうなずいて、

「今、大統領が泊まられているのは、最上階の部屋ですが、確かに、刑事さんがいわれるように、ＫＳビルの屋上が、よく見える部屋です」

カウンターには、小さな日の丸と、南米のオーレリア共和国の旗が、並べて置いてあった。

十津川が知っている知識といえば、オーレリア共和国は、人口こそ、一千万人には足らないが、二年前に、石油が出て、急に、世界の注目を、集めるようになった国だった。

大統領の名前は、ロハスといい、まだ三十代の、若さのはずである。

「ロハス大統領は、何時に、こちらに来られたのですか？」

十津川が、きくと、フロント係は、メモを取り出して、

「昨日の午後二時に、首相官邸で、首相と懇談をされたあと、午後六時に当ホテルに来られまして、外務大臣と一緒に、夕食を取られました。その後、午後八時には、三十四階にご用意したお部屋に、入られました」

「その部屋からは、問題の、ＫＳビルの屋上が、見えるわけですね？」

十津川が、念を押した。

「はい。おそらく、当ホテルの中でも、いちばんよく見えると思いますね」

「今日の予定は、どうなっているんですか？」

「午前十時に、お迎えの車が来て、東京駅まで行き、新幹線で、京都に向かわれます」

「京都で一泊ですか？」

「いいえ、京都から、北陸本線に乗り換えられて、金沢まで行かれると、おききしています」

「どうして、金沢に行かれるんですか？　何か、特別な目的があるんですか？」

「これは、あくまでも、また聞きなんですが、ロハス大統領は、二十代の頃、日本に来られたことがありましてね。その時に訪れた金沢という街が、とても気に入られて、一ヵ月

間、金沢で過ごされたと、おききしています。それで、今回も公務が終わったあと、青春時代を過ごした金沢に行かれるんじゃありませんか？」

午前十時になると、フロント係がいったように、迎えの車が来て、ロハス大統領は、その車で、東京駅に向かった。

その後、十津川は、事件の参考にということで、昨夜、大統領が泊まった三十四階の部屋に、案内してもらった。

三ＬＤＫの、大きな部屋だった。

展望のきく、円形の大きな窓ガラスがあって、ガラス越しに見下ろす景色が素晴らしい。

問題のＫＳビルは、その部屋から、真っ正面に見えた。もちろん、屋上もよく見える。

その日の、午後八時になったところで、十津川は、特に頼んで、吉田に、問題のビルの屋上で、能衣装と面を付け、篝火を二つ焚いて、その明かりの中で、問題の演目、花筐を演じてもらうことにした。

十津川は、それを、ニュー東京ホテルの、大統領の泊まった部屋から、見てみることにしたのである。

周囲が暗くなると、赤々と燃える篝火の炎が、際立って、目に焼きついてくる。

その篝火の中で演じる能もまた、華やかだった。真赤に見える能衣装を着、女性の面を付けた吉田が花籠を持って舞うと、それがまた篝火に映えて、いかにも、幻想的だった。

「カメさんの感想をききたいな」

十津川がきくと、亀井は、

「あの屋上が、よく見える部屋は、二十階から三十四階まで、十五部屋あるわけですよ。ですから、その部屋に、昨夜泊まっていた客は、誰もが、午後八時過ぎに、あのビルの屋上で演じられた、能を見るチャンスがあったわけです。しかし、私は、あの被害者が、三十四階に泊まったオーレリア共和国の、ロハス大統領に見せるために、あの屋上で、花筐という演目を、演じたような気がしますね」

「その点は、私も同感だ」

十津川は、念のために、屋上の能を、見るチャンスのあったお客の名前を、フロント係に、きいてみた。

二十階から三十四階までの、同じ条件の部屋十五部屋のうち、三十四階の大統領を除くと、十人の泊まり客が、あったという。その客の住所と名前、それと、電話番号を、十津川は手帳に控えた。

十津川は、刑事たちに、その十人に電話をかけさせた。

結果は、十津川と亀井の二人が、予想した通りだった。

十人のうち五人は、部屋に入ると、疲れたので、すぐに、眠ってしまったといい、あとの五人は、テレビを観たり、窓の外の景色を見たりしていたが、KSビルの屋上で、そんなことがあったのは、全く、知らなかったという返事だった。

やはり、あの被害者は、ニュー東京ホテルの、三十四階に泊まったオーレリア共和国の、ロハス大統領に見せるために、夜遅く、KSビルの屋上で、花筐という演目を演じたに違いないと、考えるようになった。

十津川は、もう一度、能役者の、吉田清太郎に会った。

「いろいろと協力していただいて、感謝しております」

と、十津川は、礼をいってから、

「金沢というところは、能の盛んなところですか？」

十津川がきくと、吉田は、急にニコニコして、

「金沢ほど、昔も今も能が盛んなところは、ありませんよ」

「私は、全く知らないので、申し訳ありませんが、どうして、金沢で、昔から能が盛んだったのか、教えてもらえませんか？」

「能には、全部で、五つの流派があるんですよ。私は、その中の観世《かんぜ》流ですが、特に金沢では、加賀百万石のお殿様が、能がお好きで、宝生《ほうしょう》流の、能役者を呼んでは、能を鑑賞

しておられたんです。能役者の方も金沢に行くようになりましてね。そのため、金沢では、盛んな宝生流が、加賀宝生流と呼ばれているんです。東京にも、宝生流があります。ほかには、わざわざ、その土地の名前をつけて、加賀宝生流と呼ぶような例はないので、その意味でも、金沢は、能が盛んな街といっても、いいんじゃないでしょうか？　もちろん、今でも、加賀宝生流は盛んですよ」

「そうすると、ＫＳビルの屋上で、花筐を演じた人も、加賀宝生流の人でしょうか？」

十津川が、きくと、吉田は、

「はっきりしたことは、分かりませんが、私が、いろいろと、きいてみたところでは、亡くなった、その能役者は、東京の人ではないみたいですね。ですから、ひょっとすると、加賀宝生流の人かも、知れません」

「それから、もう一つ、おききしたいのですが、被害者が身に付けていた女の面と、能衣装ですが、あれは本物ですか？」

「もちろん、あの面は、名のある能面師が作ったものですし、衣装のほうも、間違いなく本物ですよ」

築地《つきじ》警察署に、捜査本部が置かれた。

東大病院に送られた死体の、司法解剖の結果が、報告されてきた。

それによると、やはり、死因は、首をロープで、絞められたことによる窒息死で、死亡推定時刻は、四月五日の、午後十時から十一時の間だという。この死亡推定時刻のほうに、十津川は、興味を持った。

ヘリのパイロットによれば、問題のビルの屋上に着いたのは、午後八時だといっている。その後、二つの篝に、火をつけてから帰ったと、ヘリの操縦士は、いっていた。

とすると、その時刻は、おそらく午後八時十分頃ではないか？

その後すぐに、花筐という演目を、被害者が、演じたかどうかは、分からない。

しかし、司法解剖の結果によれば、死亡推定時刻は、午後十時から十一時の間となっているから、午後八時過ぎから午後十時までの間に、被害者は、女の面を付けて、花筐をKSビルの屋上で、演じたことは、まず間違いないだろう。

「問題は、二つあります」

捜査会議の席上、十津川は、三上《みかみ》本部長にいった。

「一つは、被害者の身許《みもと》です。観世流の能役者の吉田は、被害者は、たぶん、金沢の加賀宝生流の人間ではないかといっています。もう一つは、犯人のことです。ヘリのパイロットは、被害者から、翌朝の、午前六時から七時の間に迎えに来てくれといわれていたので、午前六時に行ったら、被害者は死んでいたといい、犯人らしき人間は、どこにも、いなかったと証言しています。犯人は、四月五日の午後十時から十一時の間に、ＫＳビルの屋上で、被害者をロープで絞殺し、朝になって、ヘリが迎えに来るまでの間に、姿を消したことになります。犯人が、どうやって、あの屋上まで行き、被害者を殺して、誰にも見られずに、姿を消したか？　その疑問があります」

「犯人が、被害者と同じように、ヘリを使って、問題のビルの屋上に、行ったとは、考えられないのかね？」

三上本部長が、十津川に、きいた。

「都内にあるヘリの営業所全部に、確認の電話を入れてみましたが、被害者を、あの屋上に運んだヘリ以外に、問題の日に、飛んだヘリは、見つかりませんでした。ですから、犯人が、ヘリを使って、あのビルの屋上に行ったことは、まず、考えられません」

「そうすると、犯人は、表からあのビルに入り、エレベーターを使って、屋上に行ったということになるのかね？　しかし、そんなことをしたら、誰かに、見られてしまうんじゃないのかね？　被害者がヘリで運ばれた時は、すでにあのビルは、閉まっていたんだろう？　その後で、あのビルに入り込んで、屋上に上がるというのは、難しいんじゃないのかね？」

「確かに難しいです。あのビルが閉まった後で、犯人が入ったとは、考えられません」

「君は、犯人が、どうやって屋上に上がり、そして、また屋上からどうやって、姿を消したと、思っているのかね？」

「こんなことではないかと、考えられることが、一つだけあります」

「どういうことだ？」

「まだ、あのビルが閉まっていない時に入り込んで、トイレに隠れます。そして、社員たちが全員帰った後、トイレから出て屋上に上がった。屋上で被害者を殺した後、またトイレに隠れ、翌日、ビルがオープンして社員が出勤し始めてから、密かにビルから出ていった。おそらく、そんなところだろうと、私は、考えています。あのビルで働く製薬会社の社員は、全部で二千人近くいますから、見慣れない人間がいても、それほど不思議がられることはなかったと思うのです。念のために、社員たちにきいてみましたが、怪しい人間を見たことはないという証言でした。たぶん、犯人は、目立たない格好を、していたんじゃないか？　男なら、ほかの社員と同じような、紺のスーツを着て、ネクタイを締めていたのかも、知れません」

「それから、被害者の身許のほうだが、金沢の、加賀宝生流に、問い合わせてみたのかね？」

「今ちょうど、問い合わせの電話をかけてみたところです。被害者の顔写真も、送りましたから、間もなく、返事が、来るものと思っています」

それから二十分ほどして、金沢の加賀宝生流の事務所から電話が入った。

「そちらから送っていただいた顔写真を、調べましたところ、こちらの、加賀宝生流の中には、該当する者はおりません」

と、いう。

「しかし、能衣装も面も、それぞれ大変よくできていて、本物だと、いわれているんですが、能役者ではない、素人の人間が、そうした能衣装や面を付けて、花筐という演目を、演じられるものでしょうか？」

と、十津川が、きいた。

「金沢というところは、昔から、能狂言の盛んなところで、特別に宝生流の中に、加賀宝生流という新しい流派が、生まれたくらいです。ですから、金沢には、私たちのように、能役者ではなくても、アマチュアで能狂言を、演じられる人は、何人もおります。また、高価な能衣装や、立派な面を持っている人も、たくさんいますから、必ずしもプロの人間でなくても、花筐という演目は、演じられると思いますよ」

「今日、南米の、オーレリア共和国の大統領が、東京での、用事を済ませて、金沢に向かったのですが、そのことは、ご存じですか？」

「ええ、知っています。こちらでは、新聞が盛んに取り上げていますし、テレビのニュースでも、やっていますから、私も知っています」

「ロハスという大統領ですが、若い時に金沢にやって来て、一ヵ月過ごしたことがあるということなんです。そのことも、ご存じでしたか？」

「私は、直接、その当時のことは、知らないのですが、今もいったように、新聞やテレビが、ここ二、三日ずっと、ロハス大統領のことを取り上げていますからね。それを読んだり、見たりして、知りました。何でも、二十五歳の時に日本に来て、金沢で、一ヵ月ほど過ごされたそうです」

「ロハス大統領は、今回、金沢で、何日過ごされる予定になっているんですか？」

「新聞の報道では、三日間と、書いてありました。今日、能登の、和倉《わくら》温泉のN旅館に、随員の方と一緒に、入られたときいています」

「その三日間の間に、大統領が、加賀宝生流の能を見る予定は、あるんでしょうか？」

「ウチの事務所のほうに、外務省から連絡がありましてね。私たちに、能を演じてもらいたい。そういう話が来ています。現在、大統領が泊まっておられるN旅館には、能舞台があるそうで、そこで、われわれが、大統領に能をお見せすることになると思っています」

金沢の加賀宝生流からの返事を受けて、捜査会議が、再開された。

「君は、被害者が、ニュー東京ホテルに泊まった、ロハス大統領に能を見せようとして、製薬会社のビルの屋上で、花筐を演じたと、考えているようだね？」

三上本部長が、十津川に、きいた。

「二つのビルの位置関係や、ロハス大統領が泊まられた部屋を見た限りでは、被害者は、ロハス大統領が、昨夜、ニュー東京ホテルに泊まるのを知っていて、大統領に見せようとして、屋上で花筐を演じた。そう考えざるを得ないのです」

「しかし、君の推理が当たっているとして、被害者がなぜ、そんなことをしたのかについて、何か分かっているのかね？」

「今は、推測の域を出ていないのですが、ロハス大統領は、二十代の頃金沢で、一ヵ月ほど過ごしたことがあると、聞きました。金沢の何が気に入ったのかは、分かりません。この地域には、加賀友禅、九谷焼、加賀蒔絵、金箔などがありますが、ほかに、加賀宝生流という能があることを、知りませんでした。二十代の時に、一ヵ月を、金沢で過ごした大統領が、加賀宝生流という能にも興味をもって、一ヵ月の間に、何回か、加賀宝生流の能を見に行ったことがあったとすれば、今回、歓迎する意味で、誰かが、ホテルに泊まっている大統領に見せるために、KSビルの屋上で能を演じたとしか、考えられないのです」

「しかしだね、歓迎の意味で、篝火まで用意して、能衣装を着け、能面をかぶって、花筐という演目を演じたとしても、いったい誰が、被害者を殺したのかね？　犯人が、被害者を殺す理由が、見当たらないじゃないか？　それにだ、大統領が、問題の能を見たのかも、分からないんだろう？」

「それを確認しに、外務省に行ってきたいと、思っています」

と、十津川が、いった。

翌日、十津川は、亀井と二人、外務省に、出かけていって、南米カリブ課の課長に会った。

「オーレリア共和国の、ロハス大統領のことで、おききしたいことがあるのですが、現在、大統領は、和倉温泉のN旅館に泊まっておられるようですね？」

「そうです。二十代の時、金沢に一ヵ月間滞在されたことがありましてね。今回、ロハス大統領は、地球環境の問題を、協議されるために、来日されたのですが、公務が終わった後は、三日間、是非、金沢で過ごしたいとおっしゃられたので、ウチの課員が一人ついて、金沢に行っています」

「大統領がニュー東京ホテルに入られた夜のことをおききしたいのですが、その時も、こちらの職員は、大統領についていたわけですか？」

「日本に来られてから、ずっと、ウチの課員が大統領について、お世話をしています。大統領が、ニュー東京ホテルに泊まられた時は、隣の部屋に、泊まっています」

南米カリブ課の課長は、いった後で、

「ああ確か、近くのビルの屋上で、殺人事件があったようですが、警部さんは、そのことで、こちらに、来られたのですね？」

「ＫＳビルの屋上で殺された男なんですが、屋上で篝火を焚き、能衣装と能面を付けて、花筐という演目を、演じていたんです。どうも、ニュー東京ホテルに泊まったロハス大統領に見せるために、ＫＳビルの屋上で、能を演じたとしか、思えないのですが、私が知りたいのは、それを、果たして、大統領が、ご覧になったかどうかなのですよ。こちらで、そのことが、お分かりになりませんかね？」

「今のところ、大統領には、きいておりません。殺人事件なので、きくのが、憚《はばか》られるんですよ。警察は、どうしても、大統領の答えが、知りたいのですか？」

「できれば、大統領にきいていただけないかと思っているのですが」

「どうしても、捜査に必要ということなら、きいてみますよ。今もいったように、ウチの課員が、ずっと金沢まで、大統領に付き添っていますから」

と、課長が、いってくれた。

すぐ、その場で、課長が、大統領の世話をしている職員に、電話をかけてくれた。

三十分ほどして、その職員のほうから、返事が返ってきた。それで直接、十津川が、電話で、彼と話をした。

「大統領に、それとなく、きいてみました。五日の夜、ニュー東京ホテルに泊まった時、部屋の窓から何か見ませんでしたかと、きいてみたところ、大統領は、ニッコリして、近くのビルの屋上で、篝火を焚いて能を演じている人がいて、ビックリした。そういわれました」

「では、間違いなく、大統領は、見たわけですね？」

「ええ、そうらしいですよ。部屋に入った後、窓の外の、夜景を見ていたら、問題の光景が目に飛び込んできたそうです」

「大統領は、どのくらいの時間、能を、見ておられたのでしょうか？」

「大統領の話では、屋上の能が終わるまで、ずっと見ていたそうです。時間は、九時半頃までだと、おっしゃっておられましたから、間違いないと思いますね」

「その後は？」

「疲れていたので、カーテンを閉めて、寝てしまったと、おっしゃっておられました」

「こちらとしては、大統領が若い時、金沢で一ヵ月過ごされた、その時、能をご覧になったことがあるかどうか、それも知りたいのですよ。金沢には、加賀宝生流という能の流派がありますから、何とか、それもきいてもらえませんか？」

　十津川が、いうと、

「わかりました。きいてみますので、少し待っていてください」

と、いって、職員は、いったん電話を切り、また三十分ほどして、連絡してきた。

「今、大統領に、おききしてみました。昔、一ヵ月ほど、金沢で過ごした時、二回か三回金沢で、能を見たことがあると、そういわれました」

「大統領は、能に、詳しいのでしょうか？　例えば、屋上で、能を演じた人ですが、花筐という演目を、演じています。そのことを、大統領は、分かっておられたのでしょうか？　花筐という能のストーリーを、理解しておられたのでしょうか？」

「いいえ、そこまでは、お分かりにならなかったようですよ。私が、屋上で演じられた能の、どんなところが、面白かったですかとおききしたところ、ストーリーのことはいわず、華やかな能衣装と、能面が面白かった。そういっておられましたから、何という演目が、演じられたかまでは、おそらく、ご存じなかったと、思いますね」

　十津川は、ついでといっては、おかしかったが、南米のオーレリアという国のことや、来日しているロハス大統領について、課長に教えて欲しいと、いった。

　これからの捜査に、必要になるかも知れない。そう、思ったからだった。

課長は、南米の地図を持ち出して、それを見ながら、十津川に、教えてくれた。

「広さは日本の三倍ですが、人口は九百二十万人で、一千万人まで行きません。人口の割合をいうと、混血が七十五パーセント、白人が二十パーセント、黒人が四パーセント、インディオが一パーセントという比率になっています。宗教は、カソリックですね。使われている言語は、スペイン語と、英語で、スペイン語が公用語になっています」

「昔は、かなり貧しい国だったときいていますが」

「ええ、昔は、典型的な農業国で、主要な産物は、コーヒー豆でした。確かに、今、十津川さんが、おっしゃったように、貧しい国でした。ところが、二年前に突然、石油が出て、一躍、貧しい国から、富める国になりました。それから、以前は軍部の独裁国家だったのですが、その後、共和制になり、国民投票の結果、ロハスさんが、初代大統領になっています」

「すると、ロハス大統領が二十代で、日本に来られた頃は、オーレリアは農業国で、軍部の独裁が、続いていたわけですね？」

「ええ、そうです。ロハス大統領の父親が、軍部の独裁に反対していて、息子のことを心配されて、安全な日本に留学させたんじゃないかと思いますね。ですから、ロハス大統領は、親日家としても有名です」

「日本は、オーレリアからも原油を輸入しているんですか？　新聞では、これから、オーレリアからの、原油の輸入量を増やすと書いてありましたけど」

「そうですね。現在、日本は、主に中東から、原油を買っているんですが、原油の供給元を増やしたい。そういう考えがあるので、オーレリアからの原油の輸入は、今後増えると思っています」

「ロハス大統領のことも教えてもらえませんか？　若い時、金沢で一ヵ月過ごしたということですが、正確には、何歳の時なんでしょうか？」

「大統領が、二十五歳の時に、日本に来られて、金沢という街が、気に入られて、一ヵ月間、金沢で、過ごされています。今もいいましたように、その時の印象が、よかったんでしょう。それで、親日家になった。今、日本は、オーレリアから原油を輸入していますが、交渉がうまく行っているのも、大統領が親日家だからですよ」

「二十五歳の時に、金沢で一ヵ月を過ごされた。どんなふうに、過ごされたのか、分かりますか？」

「今回、日本に来られて、公務が終わった後に金沢で三日間を過ごしたい。そういわれたので、二十五歳の時のことを、こちらで調べ直しました」

「それで、どんなことが、分かったんですか？」

「ロハス大統領、当時はもちろん、大統領ではなかったわけですが、金沢に行かれて、最初はホテルに泊まっておられたようです。しかし、日本人の家に、ステイしたいという希望を持たれて、三日間ホテルで過ごした後、加賀友禅の制作をやっている家に、ホームステイして、そこで、残りの期間を、過ごされたということです」

「では、ロハス大統領は、今回も、その加賀友禅の家に、泊まることになるんでしょうか？　行ってすぐは、和倉温泉に泊まられているようですが」

「いや、今度は、以前にステイした、加賀友禅の家には、行かないようですよ。何しろ、今回は、わずか三日間だけの滞在ですからね」

「どうして、二十五歳のときの大統領は、金沢が気に入って、一ヵ月も、過ごされたのでしょうか？　普通、外国人は、京都に憧れると思うのですが」

と、亀井が、きいた。

「当時のロハス大統領は、二十五歳で、好奇心も旺盛《おうせい》だったと思うのですよ。国におられた時、日本のことといえば、せいぜい富士山か、芸者か、あるいは、京都ぐらいしか、ご存じなかったのではないか？　それが、実際に、日本に行くということで、いろいろと勉強をされた。そうしたら、日本の昔のよさがいちばん残っているのは、京都ではなくて、金沢ではないかと思われて、日本に来た後、金沢で一ヵ月を過ごすことになった。そういうことを、書かれたものがありました」

「前に、大統領が、ステイをした加賀友禅の家というのは、何という家だったのですか？」

「こちらで調べたところ、久保田《くぼた》という家だったようですよ」

と、課長が、いった。

「その家は、今でも、加賀友禅を作っているんですか？」

「そこまでは、まだ調べていませんが、おそらく、今でも、加賀友禅を作っていると思いますね」

十津川が礼をいって、帰ろうとすると、最後に、課長の方が、

「これから警察は、どうするつもりですか？」

「これからですか？　金沢に行ってみようと思っています。向こうに行けば、今回の殺人事件の、解決のヒントが、得られるかも知れませんので」

第二章　不審な動き

1

十津川は、金沢行きを考えていた。製薬会社のビルの屋上で殺された男は、明らかに、ホテルに泊まっていた、ロハス大統領に、加賀宝生流の能を見せようとしていた。そうとしか、考えられない。

彼が殺されたとなると、犯人は、何らかの意味でロハス大統領に関係があるのではないか？　そう考えるのが普通だろう。

ロハス大統領は、今、金沢に行っていて、三日間、金沢で過ごす予定になっている。大統領を追って、犯人も、金沢に行っているのではないか？

十津川が、亀井と金沢行きを考えたのも当然なのだ。

「明日、出発しよう」

十津川が、亀井にいっている時、急に、三上刑事部長から呼ばれた。

出張には、上司の許可が必要なので、ちょうど、三上刑事部長のところに、行こうとしていたところだった。

十津川が、刑事部長室に入って行くと、三上刑事部長の様子が、いつもと少し違っていた。妙にいらだっている。

本多《ほんだ》捜査一課長も、部屋にいた。

三上は、十津川の顔を見ると、彼に椅子を勧めてから、

「今回の事件の捜査だが、君は、どんな方針で臨むつもりなんだ？」

「亀井刑事と、話をしていたんですが、今回の被害者は明らかに、あのＫＳビルの屋上から、ホテルに泊まっていたロハス大統領に、加賀宝生流の能を見せようとしていました。これは、間違いないと思うのです。そのロハス大統領は、今、金沢に行っています。もちろん、ロハス大統領が、犯人だとは、全く思ってもいませんが、彼の周辺で、また、何か事件が起きるような気がして、仕方がないのです。それで、亀井刑事を連れて、明日、金沢に行ってみようと考えています。その許可を、お願いしたいと思っているのですが」

「金沢に行って、ロハス大統領本人に、直接話をきくということも、あり得るわけだ

な？」

「できれば、ロハス大統領と接触して話をしたいと思っています」

「私も、ついさっきまでは、君たちに、金沢に行ってもらうつもりだったが、少しばかり様子がおかしくなってきた」

「様子が、おかしくなったというのは、どういうことでしょうか？」

「警察庁に、警備局外事課というセクションがある」

「知っていますが、その外事課から、何かいってきたのですか？」

「外事課の課長は佐久間《さくま》警視だ。その佐久間課長が、突然、七人の特別チームを結成した」

「今回の事件に対応するためにですか？」

「そこが、よく分からないんだよ。話をきいたので、警察庁に、問い合わせたのだが、はっきりとした返事をしてくれないんだ」

「おかしいですね。殺人事件の担当は、警視庁捜査一課なのに、どうして、警察庁の警備局外事課が、殺人事件に出張ってくるんですか？」

「私も、おかしいんじゃないかと思ったから、問い合わせたんだが、今もいったように、はっきりとした返事をくれないのだ」

「考えられるのは、今回の殺人事件に、ロハス大統領が、絡んでいるのではないか？　そういう疑いが、あるからじゃないんですか？　重要人物の身辺警護のために、警察庁が、急遽《きゅうきょ》、チームを、作ったんじゃありませんか？」

「私にも、ほかには考えようがないんだが、ロハス大統領の身辺が、危険だというのなら、同じ警備局には、国際テロ対策課がある。そのセクションが出張ってくるのが、本筋ではないかと思うんだがね。国際テロ対策課は、全く動いていないんだ。それに、ロハス大統領の身辺には、万一に備えて、SPが派遣されている。大統領自身は、SPの護衛は要らない。遠慮してくれといっているらしいんだが、何といっても重要人物だからね。SP二人が、現在、護衛のために金沢に行っている」

「そうでしょうね。それに、ロハス大統領は、個人的なボディガードも、連れてきているときいたのですが本当ですか？」

「その通りだ。ボディガードの名前はサトウだ。日本人でね。オーレリア共和国に、柔道場を作って、柔道を教えていると聞いた。大統領も柔道が好きなので、道場主のサトウを信頼していて、今回、日本に連れてきたらしい。そのサトウも、金沢に行っている」

「そう考えると、警察庁に、急遽作られたチームというのは、ロハス大統領の、身辺警護が目的というわけじゃないですね？　目的は、いったい何なのでしょうか？」

「私も、いろいろと探りを入れているんだが、答えが見つからないんだよ。直接きいても、しゃべってくれないしね。どうやら極秘任務らしいことは、間違いないんだが、どうにも分からない」

「何だか、ややっこしいことに、なりそうですね。しかし、今回の事件は、紛れもなく殺人事件ですから、遠慮する気は、ありません」

「もちろん、遠慮する必要なんか、全くないんだが」

三上が、いった時、部屋の電話が、鳴った。

三上は、受話器を取り、相手と短い会話を交わしたあと、肩をすくめて、十津川を見た。

「今回の事件に、また、飛び入りが現れたそうだ。今のは、総監だったんだがね。総監の話によると、一人、お偉いさんが、こちらに来るそうだ」

「誰が来るんですか？」

「首相官邸には、現在、五人の特別補佐官がいる。何か問題が起きた時に、それぞれの、担当の特別補佐官が、総理にアドバイスをする制度なのだが、外交担当の、特別補佐官が、こちらに来るそうだ。以前、外務省の、事務次官をやっていた木村肇《きむらはじめ》さんで、現在は退官し、外交担当の特別補佐官に就任した人だ」

「その人が、何をしに、来るのですか？」

「内容までは、分からないが、木村肇さんは、今回の殺人事件を担当している刑事と話がしたい。そういっているらしい」

「何か、圧力をかけに、来るんじゃないでしょうね？」

「そんなことはないと思うがね。その気なら、直接、君か私に、電話してくるんじゃないのかね？　とにかく、その特別補佐官がやって来たら、話し合ってみて欲しい」

2

十津川は、自分の苦手な相手が、来るような予感がした。事務次官といえば、各省の公務員としては、最高の地位である。その事務次官だった人間が退官し、今は、総理の外交担当の、特別補佐官になっている。

おそらく、エリート官僚の中でも、とびきりの、エリートといっていい。そういう相手は、どうも、十津川は苦手なのだ。

二十分ほどして、木村肇という、総理の特別補佐官がやって来た。

年齢は六十五、六歳だろう。背が高く、眼鏡の奥の目には、いかにも、人を射すくめるような、雰囲気があった。

やはり十津川の苦手なタイプである。

三上刑事部長は、将来は政界に入りたいと思っている人間だったから、木村補佐官を、丁重に迎え、

「ここにいるのが、今回の殺人事件を担当している十津川警部です」

と紹介した。

「十津川です」

と、いうと、木村は、じっと十津川の人間性を測るかのように見つめていたが、

「単刀直入に、おききしますが、今回の殺人事件について、どういう捜査を、しようと考えておられるのですか？」

「殺人事件ですから、今までと同じように、捜査をするつもりです。特別な捜査方針というものは、全く考えておりません」

「しかし、捜査の中に、当然、ロハス大統領も、入ってきてしまうんじゃありませんか？」

「捜査の進展いかんによっては、ロハス大統領から、話をきくことがあるかも知れませんが、今のところ、その予定はありません」

「ロハス大統領ですが、現在、国賓待遇で、来日し、総理が官邸に迎えて、何時間か話を

しました」

「それは、きいていますが、だからといって、捜査を、止めるわけには行きません。何といっても、これは殺人事件ですから」

十津川が、キッパリいうと、木村は、小さく手を横に振って、

「そんなことは考えていませんよ。ただ、総理が、こうおっしゃっているんです。オーレリア共和国は、今後、日本にとって、大事な国になるだろう。そのオーレリア共和国の大統領が、ミスター・ロハスなんだと」

「それは、石油が、出たからじゃありませんか？」

「その通りですよ。オーレリアは、南米の小さな国ですが、イランに近い石油の埋蔵量が、あるといわれています。現在日本は、石油のほとんどを、中東から輸入しています。このことは、十津川さんも、よくご存じだと思いますが、中東だけからの輸入ということは、安全保障の上からも危険なので、別の輸入ルートも確保しておきたい。総理は、その一つとして、オーレリア共和国を、考えておられるんです。オーレリア共和国も、親日的だし、埋蔵量が多いのも魅力です。また、ロハス大統領は、大変な親日家で、知られています。大学時代、一ヵ月間、金沢で過ごされた。総理としても、ロハス大統領には、このまま、日本に好意を持ちつづけて欲しいと、考えておられます。殺人事件の捜査に絡んで、万一、

不快な思いをさせてしまったら、日本にとって、大きな痛手に、なってしまいますからね。そのことを申し上げるために、こうしてお伺いしたのです」

「木村さんは、ロハス大統領と、話をされたことが、あるんですか？」

今度は、十津川のほうから、きいた。

「来日して以来、総理が会われた時には、私も同席しています。その後、単独で、約一時間、こちらの気持ちを伝えました」

「われわれとしては、殺人事件ですから、普通通りに捜査を進めますが、それは、構わないわけですね？」

念を押すように、十津川が、きいた。

「もちろん、捜査は、そちらの仕事でしょうから、ご自由にやっていただいて、構いません。ただ、総理は、今がとても、大事な時だから、ロハス大統領に、不快な思いをさせては困る。それだけをしっかりと伝えてきて欲しい。そういわれました。もう、総理の意向をお伝えしましたから、私は、これで失礼します」

念を押して、木村補佐官は、帰っていった。

3

「どうも私には、面倒なことに、なりそうな気がして、仕方がない」

三上刑事部長が、困惑した表情で、誰にともなく、いった。

「しかし、こちらの捜査は妨害しないと、はっきりと、いわれましたよ」

十津川が、いった。

「いや、本音かどうかは、分からんよ」

黙っていた本多一課長が、口を挟んだ。

「ロハス大統領に不快な思いをさせては困るとしつこくいっていた。早い話が、捜査に、手心を加えろということじゃないのかね？」

三上刑事部長が、心配顔で、いう。

「つまり、木村補佐官のいう、総理の意向というのは、捜査をしてもいいが、直接、ロハス大統領を、訊問《じんもん》してはいかん。そういうことでしょう？」

十津川が、きいた。

「君はさっき、事情によっては、直接、ロハス大統領に、話をきくかも知れないといったが、首相官邸としては、今後、オーレリア共和国からの石油輸入の増量を考えなければならないから、ロハス大統領に直接訊問するのは困るということだと思うね。その点を考えて、慎重の上にも慎重を期して、捜査をやって欲しいんだよ」

三上も、重ねて、いった。

「その点は、了解しましたが、今の木村補佐官の言葉より、私は、警察庁の外事課が、チームを結成して、何かをやろうとしている。そのほうが気になりますね。ロハス大統領の身辺警護ではないとすると、何をやろうとしているのでしょうか？　同じ刑事として、角を突き合わせるのは、イヤですから」

「何とかして、警察庁の考えを知りたいんだが、全く、向こうの考えが、分からないんだ。秘密に行動する必要があるんだとは、思うんだがね」

「それは、ロハス大統領のことに絡んで、何かを、しようとしているのだと、思いますが」

「それはそうだ。今の時点で、ほかに考えようがないからな」

「私が心配しているのは、こちらが、殺人事件の捜査を進めていくと、警察庁の外事課に、いろいろと、妨害されるのではないかということです。部長のほうから、外事課に話をして、捜査の妨害は、しないという約束は、取れませんか？」

「君と亀井刑事は、明日、金沢に、出発するんだったね。何時頃、出発しようと思っているんだ？」

「なるべく早く、出発するつもりです」

「それまでに、警察庁の外事課が、いったい何を考えているのか、少しでも情報が入れば君に伝えるよ」

4

十津川が、自分の席に戻ると、亀井が、近寄ってきた。

「浮かない顔を、されていますね。金沢行きが、許可されなかったんですか？」

「いや、許可されたよ」

「それをきいて、安心しました」

「私とカメさんの金沢行きは、承認されたんだが、少しばかり、様子がおかしくなってきた」

十津川は、そんないい方をした。

「何か、邪魔が入ったんですか？」

「それが、はっきりしなくて、困っているんだ。三上部長の話だと、警察庁の警備局外事課で、課長の佐久間警視の下に、特別チームが、編成されたというんだよ。今回の殺人事件が起きた後で、急遽作られたチームらしいんだ」

「彼らは、何をやるつもりなんですかね。捜査の主体は、あくまでも、われわれにあるはずですよ」

「三上部長がそれとなく、探りを入れたというんだが、向こうは、何のための、チームの結成なのか、教えてくれないというんだ」

「なぜ、教えてくれないんですかね？」

「内密に動きたいんだろう。あるいは、上のほうから、指示が与えられていて、動いているのかも知れない」

「ほかにも、何か、あったんですか？」

「刑事部長室で、三上部長や本多一課長と話をしていたら、首相官邸から総理の特別補佐官がやって来た。木村という外交担当の、補佐官だよ」

「目的は、何なんですか？」

「今回の殺人事件の、捜査を担当している私と話したいと、そういってきたんだがね。こちらのほうは、大体、想像通りの話だった」

「どんなことを、話されたのですか？　石油の件でしょう？」

「ああ、そうだ。オーレリア共和国で、最近、石油の埋蔵量の多さが確認された。日本としては、中東にばかり依存していないで、ほかの国からも、石油を輸入したい。それが安全保障にもなる。政府としては、今回、ロハス大統領の来日を機会に、オーレリア共和国から、石油の輸入を増量することにしたいらしいんだよ」

「当然でしょうね。あの国は、二年前に石油が出て、埋蔵量も多いわけですから、日本としても、オーレリアから石油を輸入することは、決して、悪いことではありませんよ」

「ロハス大統領は親日家だからね。交渉は順調に行くと、総理は、楽観していたらしい。ところが、ここに来て殺人事件が起きてしまった。それも、ロハス大統領の身辺で、起きた殺人事件だからね。総理は心配して、外交担当の補佐官を、ウチに、寄越したらしい」

「向こうは、何を要求してきたんですか？　まさか、捜査の中止じゃないでしょうね？」

「さすがに、そこまでは、いわなかったよ。そんなことをいわれても、私は、捜査を、続行するつもりだったがね。ロハス大統領が帰国したらすぐ、こちらから特使を派遣して、オーレリアからの石油の輸入について、契約を取り交わす段取りになっていたらしい。だから、ロハス大統領には、不愉快な感情を持った形で帰国してもらいたくないんだ」

「それは、分かりますね。木村補佐官は、それをいいに来たんですか？」

「簡単にいえば、そうなんだ。捜査が進展した時に、ロハス大統領から直接、事情聴取をするようなことは、避けて欲しい。そういわれたよ。大統領が、殺人事件の捜査の対象になっているとなると、不愉快だろうし、そのことで、オーレリア共和国の国民が、日本に対して、悪感情を持ったら困る。くれぐれも、その点に注意をしてくれ。そういわれたよ」

「首相官邸の心配は、分かりますがね」

「私も、こちらのほうは、納得した。石油の輸入交渉に入ろうという時に、肝心の大統領が、日本嫌いになっては困る。それで、総理が、木村肇補佐官を、寄越したんだろうから、理由は分かったし、納得もいったんだ。問題は、警察庁のほうなんだよ」

「まさか、警察庁が、こちらの捜査を妨害するなんてことは、ないでしょうね？」

「私も、そんなことは、しないだろうと信じている」

「そうだとすると、何のために、急遽、外事課に、新しいチームを作ったんでしょうか？その目的が分かりませんね」

「そうなんだよ。私にも、その点が理解できないんだ」

「やはり、現在、金沢にいる、ロハス大統領の身辺警護でしょうか？」

「最初は私も、そのための、新チームの結成だと思ったんだが、優秀なSP二人が、すでに金沢で、ロハス大統領の、身辺警護に当たっているんだ。その他、大統領は、個人的なボディガードを一人連れて、日本に来ている」

「その人物のことなら、この間、新聞で読みましたよ。確か、サトウという日本人でしょう？　オーレリア共和国で、柔道を教えていて、ロハス大統領も柔道を、この日本人から教わっている。新聞には、そんな記事が載っていました」

「三上刑事部長は、君も、よく知っているように、政治家には弱いからね。総理の指示を受けてきた、木村補佐官には、丁寧なというよりも、一歩退いたような応対をしていたね。ただ、警察庁の動きについては、さすがに、対抗心があるのか、秘密主義は、不愉快だ。そういっていた」

「警察庁の、新チームですが、やはり、金沢に行くんでしょうか？」

「もちろん、金沢に行くだろう。東京で、何かを調べるつもりなら、わざわざ、特別なチームを作るような必要は、ないんだからね」

5

翌日、十津川と亀井は、東海道新幹線で、米原《まいばら》に向かった。

その車内で、十津川は、特別に取り寄せておいた、金沢の地方新聞を亀井にも渡し、自分も広げて記事を読んだ。

やはり、ロハス大統領のことが、大きく載っていた。

何といっても、石油の件で、一躍、有名になった、オーレリア共和国の大統領が、わざわざ金沢に来て、三日間を過ごすというのは、地元の人間にとって、大きなニュースなのだ。

その上、ロハス大統領は、学生時代を、金沢で過ごしている。日本語も達者だし、親日家ということもあって、紙面には「市を挙げてロハス大統領を歓迎」という見出しが、躍っていた。

金沢第一日目の、ロハス大統領の行動が、写真入りで、詳しく載っている。

「ロハス大統領、懐かしの金沢を日本人秘書とともに一巡り」

見出しは、そうなっていた。

サトウという日本人については、個人秘書と書かれてあったが、ボディガードという文字は、どこにも見られなかった。ロハス大統領自身が、ボディガードという呼び方を、嫌ったのだろう。

したがって、記事には、「ロハス大統領は、個人秘書のサトウ氏を連れて、学生時代に金沢で接した、加賀友禅、九谷焼、それから、加賀宝生流の能などを、見て歩いた」と、書かれている。

ロハス大統領の行動に関して、何か事件があったということは、全く載っていなかった。

「第一日目は、何も、事件が起きなかったみたいですね」

「そうらしいね。新聞を読むと、市を挙げて、歓迎したことになっている」

「今日を入れて、あと二日でしょう？　何も起きないとなると、警察庁の、外事課の新チームは、いったい何をやるつもりなのか、なおさら、分からなくなってきますね」

「しかし、外事課は、急遽、新しいチームを作り上げたんだ。事件の後で、新チームが作られたということだから、私たちが、知らないことを、何か、つかんでいるのかも知れない」

「何か、向こうさんが、つかんでいるのだったら、こちらに知らせてくれてもいいと、思いますけどね。こちらは、殺人事件の、捜査をしているんですから。警察庁が、何を考えているのかは、分かりませんが、こちらの捜査が、優先するんですから」

「普通の場合ならばね。向こうが、事件に関して、何かの情報をつかんでいるのなら、当然、こちらに、知らせてくるべきだ。捜査の主体は、こちらなんだからね。しかし、今回は、少しばかり、普段と事情が違うのかも知れないな」

「連中は、いったい、どんな情報をつかんだんでしょうか？　今回の事件が起きてすぐ、新しいチームを作ったとなると、やはり、事件に、何らかの形で、関係のある情報をつかんだということになりますが」

「私は、必ずしも、そうとは考えないんだ。今度の殺人事件について、何かをつかんだのなら、当然、こちらにもいってくるさ。こちらが主役だからね。だから、今回の殺人事件とは、無関係なことで、何かをつかんだか、何かの指示を受けたのか。ただ、何よりも、内密にしなければならないから、ウチにも、話すわけにはいかない。そういうことじゃないかと、思っているんだがね」

「ひょっとすると、ロハス大統領に、来日中の、ロハス大統領に、絡んだ何かかも、知れませんね。例えば、ロハス大統領の、スキャンダルのようなものじゃありませんか？」

「大統領のスキャンダルか」

「そうです。ロハス大統領は、学生時代、金沢で、暮らしたことがあるわけでしょう？　その時に、金沢で、好きな女ができた。その女のことかも知れませんよ」

「なるほど。昔の恋人か」

「ロハス大統領は、なかなかの美男子だし、学生時代は、金沢で、自由に過ごしていたんでしょう。その時に、日本人の恋人ができた。いったん別れて帰国し、今回は、大統領になって来日した。金沢で三日間を過ごすというのは、その昔の恋人に会いたい。その気持ちからだとなると、彼女との出会いが、ヘタをすると、スキャンダルになりかねない。それが、心配なので、警察庁は急遽、外事課に新チームを作り、スキャンダルになりそうな火種を、消してしまう。そのつもりで、いるんじゃないでしょうか？　大統領と日本女性との、スキャンダルだから、こちらには、何も、教えてくれないんじゃないですか？　向こうは、内密に、大統領の、昔の恋人を見つけ出して、処理しようと思っているでしょうから」

「あり得ない話じゃないね。大統領がロマンチストだとすると、金沢に行って、昔の女性を、探し出すつもりでも、おかしくはないからね」

と、十津川は、小さくうなずいたが、

「しかしね、これは、あくまでも、プライベートなスキャンダルだ。そのもみ消しのために、わざわざ警察庁の外事課に、特別チームなんかを、組織するだろうか？　現在、優秀な二人のSPが、金沢で、ロハス大統領の警護に当たっている。もし、今いったような、スキャンダルを、もみ消すことが目的なら、彼等に、電話で指示を与えれば、済む話じゃないのかね。相手は、一人の女性なんだから」

「しかし、警部。その女の背後に、暴力団でもついていて、ロハス大統領に対して金銭を要求したりしたら、二人のＳＰだけでは、間に合わないでしょう？　それを見越して、警察庁は、新チームを作り、金沢に行かせる。そういうことも考えられるんじゃありませんか？」

「しかしね、学生時代に、ロハス大統領が、つき合った女性がいて、その背後に、暴力団がついていて、金銭を要求してきたとしてもだよ、石川県警に連絡をして、逮捕《たいほ》してしまうことも、簡単にできるんじゃないのかね。金沢に、大きな暴力団の組織が、いくつもあるとも思えないからね」

「そうですね。石川県警の力を借りれば、そうした問題なら、始末できるかも知れませんね」

「私は、金沢に着いたら、すぐ石川県警本部に行って、話をきいてみたいんだ。警察庁から、石川県警に、何か要望が来ていないかを、知りたいからね」

「ロハス大統領は、今、何歳ですか？」

「確か、三十七歳の筈《はず》だよ」

「若いですね」

「若いから可能性も大きいが、同時に、危っかしくもある」

「大統領が、一ヵ月間、金沢で過ごしたのは二十五歳の時ですから、今から、十二年前ですか」

「十二年なんか、あっという間だよ」

「殺人なら、まだ、時効になっていませんね」

「え？」

十津川は、びっくりして、亀井を見た。

「カメさんは、そんなことを考えていたのか？」

「違いますよ。そんなことは、考えていませんよ」

亀井は、あわてた様子で、否定した。

6

米原に着くと、北陸本線に乗り換えた。特急で、約二時間後に、金沢に到着する。

十津川は特急「しらさぎ3号」に乗り換えるとすぐ、デッキに出て、携帯を本多捜査一課長にかけた。

「今、米原から、北陸本線に乗り換えたところです。警察庁警備局外事課が、密かに、新しいチームを作っていると、昨日、おききしましたが、そのチームの動きで、何か分かりましたか？」

「私も三上部長も、何とか、警察庁から情報を得ようとして、いろいろ努力をしているのだが、今回の新チームについては、相変わらず、何も教えてくれなくてね。部長も私も困っているんだ」

「確か、昨日の部長のお話では、外事課の課長の佐久間警視が六人のチーム、警視を入れれば、全員で、七人のチームを作ったということでしたが、佐久間警視以外の六人の名前は、分かりませんか？」

「ああ、その連中の名前だけは、何とかつかんだから、今からいうよ」

そういって、本多一課長は、六人の名前を電話で教えてくれた。

小久保《こくぼ》昭《あきら》
坂下《さかした》芳雄《よしお》
渡辺《わたなべ》順二《じゅんじ》
鈴木《すずき》憲正《のりまさ》
平沼《ひらぬま》五郎《ごろう》
伊藤《いとう》慎太郎《しんたろう》

十津川は、ノートに、その名前を書き留めた後、

「佐久間課長の顔は、知っているのですが、ほかの六人については、分かりません。何とか、至急、六人の顔写真が手に入りませんか？」

「一人か二人の顔写真は、すでに、手に入っているんだ。そうだな、六人全員の顔写真が集まったら、今日中に、君たちが泊まる宿に届けるようにしよう」

本多一課長は、そういってくれた。

「この七人ですが、動きはどうですか？　連中も、金沢に行くと、思うのですが」

「その件だがね、佐久間課長以下、合計三人が、まず、金沢に向かうという情報をつかんでいる。その名前も分かり次第、そちらに知らせるよ」

十津川が、座席に戻ると、亀井が、車内販売で、駅弁とお茶を買ってくれていた。

「少し早いですが、食べようじゃ、ありませんか？　向こうに行って、どうなるか、分かりませんから、腹ごしらえだけは、しておいたほうがいいでしょう」

「そうだな。今、本多一課長に電話をしてみたんだが、警察庁の外事課で組織された、新しいチームのメンバー七人の全員の名前が分かった。そのうち、佐久間課長を含めた三人が、先行して、金沢に行くらしい。向こうでは、イヤでも、その三人と会うことになる」

十津川は、しゃべりながら、駅弁を開け、食べ始めた。

金沢に着くと、二人は、タクシーで、石川県警本部に向かった。

県警本部で、まず本部長に挨拶し、その後、中西《なかにし》という若い警部を、紹介してもらった。

「オーレリア共和国の、ロハス大統領が、こちらに来たでしょう？　新聞によると、歓迎ムード一色ということですが、県警として、心配をしているようなことは、ありませんか？」

十津川が、まず、きいた。

「そうですね。県警としては、三日間、ロハス大統領に何事もなく、楽しく、この金沢で過ごして欲しいと、思っております。一昨日は和倉温泉に行かれましたが、すでに金沢市に、移られています。警護については、あまり心配をしていません。東京から、優秀なSPが二人、こちらにもついてきていますし、サトウという日本人の個人秘書も、常に大統領のそばにいますから」

「なるほど」

「十津川警部は、どうして、この金沢に来られたのですか？」

「ご存じと思いますが、東京で、殺人事件がありましてね。殺されたのは、加賀宝生流に関係のある男性です。彼は、ニュー東京ホテルに泊まっていたロハス大統領に、加賀宝生流の能を、演じて見せようとした。これは、まず間違いないのです。ロハス大統領が、こちらに来ていれば、また何かが、起こるかも知れない。それを心配して、私たちは、こちらに来たのです。東京でも、捜査していますから、何か分かれば、すぐ連絡してくることになっています」

「十津川さんは、こちらでも、東京で起きたような事件が、あるのではないかと、思っていらっしゃるんですか？」

「いや、断定しているわけではありません。こちらで、何も事件が起きなければ、それがいちばんいいと思っています。何事もなく三日間が過ぎて、ロハス大統領が、日本に、楽しい思い出を作って、本国に、帰国されれば、それがいちばんいいのです。ただ、万一ということを考えて、こちらに来ました。事件が起きればいいとは、全く考えておりません」

「今日の新聞の、社説に出ていたのですが、日本政府は、ロハス大統領の来日を機に、オーレリア共和国と、石油の輸入について、契約を取り交わしたい。石油戦略として、中東にばかり頼らず、南米の産油国にも、手を伸ばしたい。その第一歩が、オーレリア共和国だと書いてあったのですが、十津川さんは、どう思われますか？」

「政府が、石油の輸入先として、南米の、オーレリア共和国に目星をつけているのは、私でも、分かりますよ。しかし、そのことは、われわれには分からない、政府間交渉ですからね。興味はありますが、殺人の捜査には、関係がありません。私としては、純粋に、捜査を続けるつもりです」

「こちらに来られる時、政府から、何か、要望が出ませんでしたか？　こういうことだけは、政治問題だから、警察は邪魔をしてもらっては困る。そんな注意を、受けませんでしたか？」

中西警部が探るように、十津川を見た。

十津川は、笑って、

「そういう話は、全くありませんでしたね。実は、何か釘を刺されるんじゃないかと、心配をしていたんですが、全くありませんでした。上司からは、純粋に、殺人事件の捜査をやって来てくれ。そういわれました」

十津川は、ウソをついた。

（警察庁の動きや、総理の特別補佐官のことは、今は黙っていよう）

そう、思ったからである。十津川は、逆に、

「こちらの、新聞を読んだんですが、金沢は、ロハス大統領の、歓迎ムード一色、大統領も楽しく、最初の一日目を過ごされた。そう書いてありましたが、中西さんから見ても、同じですか？」

「私も、十津川さんが、読まれたのと同じ記事を見ましたよ。間違いなく、金沢は、市を

挙げて、ロハス大統領を、歓迎しています。大統領が立ち寄った場所を、どんな具合だったか、調べてみましたが、加賀友禅の店でも九谷焼の店でも、加賀宝生流の稽古場でも、大統領は、そこにいた人たちと、笑顔で会話しています。ですから、第一日目は、今おっしゃったように、歓迎ムード一色で、問題は何もなかったし、大統領は、ご機嫌で、旅館に帰られた。そう思っています」

「ロハス大統領は、学生時代、この金沢で過ごされていますよね？　その時、好きな女性が、できたんじゃないか？　そう考える人も、いるようなのですが、その点は、どうでしょうか？」

十津川は、中西に、きいた。

「スポーツ新聞の、芸能欄なんかには、その推測記事が、載っていましたね。学生時代を金沢で過ごしたロハス大統領は、金沢で出会った加賀美人と、愛を交わしたんじゃないのか？　その思い出があるので、今回の来日に際して、わざわざ、三日間を金沢で過ごすことにした。そう書いたスポーツ新聞もあります」

「それで、大統領は、学生時代に、つき合っていた女性を、探しているように、見えましたか？」

「われわれも、その線に沿って、調べてみたのですが、大統領が、昔つき合っていた金沢の女性を、探しているということは、なかったみたいですね。探しているのなら町を歩きながら、その女性を、探したんじゃないでしょうか？　今もいったように、大統領が、女性の名前をいい、今、どこで何をしているのか、探していたという情報は、入ってきていません」

「しかし、大統領が、探さなかったといっても、学生時代に、つき合っていた女性が、いなかったということには、ならないですよね。大統領は、国にいる時から、電話か手紙を使って、その女性と、やり取りをしていたかも知れませんからね。それなら、金沢で、わざわざ探すこともなかった。名前も、現在住んでいるところも、知っているならばです。そんな情報は、入ってきていませんか？」

「残念ながら、入ってきていませんね。スポーツ新聞にも、電話をしてきいてみたのですが、向こうにも、それらしき女性の情報は、入っていないようです」

7

県警本部を出ると、十津川たちは、レンタカーを借りた。その車を使って、今日明日の二日間、東京の殺人事件について、こちらでも、情報を集めるつもりだった。

今日、ミスター・ロハスが、泊まる旅館は、兼六園《けんろくえん》近くの、旅館金沢である。その名前は、地方新聞にも出ていたし、石川県警も、承知していた。

小さいが、数寄屋造りのいい旅館で、ロハス一行、とはいっても、ロハスと、個人秘書のサトウの二人だけが、貸切状態で、この旅館を利用するという。

十津川と亀井は、この旅館金沢の近くのホテルに、チェックインすることにした。

チェックインしてすぐ、十津川の携帯が、鳴った。

「北条《ほうじょう》です」

と、北条早苗《さなえ》刑事の声が、いった。

「現在、北陸本線の、特急の車内です。『しらさぎ53号』です。間もなく、金沢に、到着します」

「君を呼んだ覚えは、ないぞ」

「実は、警察庁警備局外事課の課長、佐久間警視と刑事二人の、合計三人を、尾行してきたのです。警察の人間を尾行するのは、初めてです」

北条早苗が、緊張した声で、いう。

「尾行を命令したのは？」

「本多一課長です。女の私なら、かえって怪しまれない。そう思って、私を指名したのだと思います。間もなく金沢なので、この三人が、どこに寄るのかを、確認してから、もう一度、連絡します」

早苗が、てきぱきした口調で、いった。

それから四十分後、午後二時半を過ぎた時、早苗から、二度目の電話が、入った。

「現在、金沢市内の、加賀信用金庫金沢支店の前にいます。三人は、その銀行に入っていって、今、十分が、経ちましたが、まだ出てきません」

「最初に、銀行に入ったのか？」

「そうです。十分前に、加賀信用金庫金沢支店に入りました」

「どうして、銀行なんかに入ったんだ？」

「私にも、分かりません」

「昨日の、ロハス大統領の動きは、学生時代によく見学したというか、よく見て歩いた加賀友禅の店とか、九谷焼の店とか、あるいは、加賀宝生流の、稽古場などに行ったりしているのだが、銀行に寄ったという記事はないんだ。外事課の三人だが、加賀友禅の店とか、加賀宝生流の、稽古場なんかには、寄っていないのか？」

「駅からまっすぐ、こちらに来ました。途中、ほかのところには、寄っていません」

さらに二十分経って、

「三人が、出てきました」

と、早苗が、いった。

「連中は、車を使っているのか？」

「はい、そうです。あらかじめ、車を用意しておいたと見えて、金沢駅で降りると、駐車場で、こちらのナンバーの車に、乗りました。車のナンバーも控えました。これから引き続いて尾行します」

早苗が、はっきりとした声で、いった。

十津川が、時計を見ると、午後三時に近い。すると、三十分近く、連中は、加賀信用金庫の中に、いたことになる。

さらに二十六分後、早苗から連絡が入る。

「現在、市内を流れる川のそばに、来ています。川の近くにある家に、三人は入って行きました」

「何という川だ？　金沢市内には、二本の川が流れているんだ」

「東のほうの川です」

「それなら、浅野川《あさのがわ》だ」

「その浅野川の近くの家です」

「ホテルか、旅館じゃないのか？」

「いえ、違います。見たところ、普通の民家ですね。塀をめぐらしていて、中に木造の二階家があります。こちらから見たところ、敷地は、八十坪くらいでしょうか。表札は、出ていません」

「近くに、何か、目印になるようなものは、ないのか？」

「そうですね。ここに来る途中に、女性の銅像を見ました。おそらく、滝の白糸の銅像だと思います」

「三人は、今どうしているんだ？」

「通りの向こうの家に、入ったまま、出てきません。今日は、この家に泊まるのではないかと思います」

「では、その家のことを調べて、私と亀井刑事のいるDホテルに来てくれ」

十津川が、電話を切って、さらに一時間ほどすると、北条早苗刑事が、こちらのホテルに、着いた。

十津川は、彼女にも部屋をとるようにいったあと、話をきいた。

「三人が入った家だが、どんな家か、分かったか？」

「近くの不動産屋で、話をきいてみました。三ヵ月前から、貸家になっていた家で、今月に入って、東京の佐久間要《かなめ》という人に、一年契約で、貸すことになったと、そういっています」

「佐久間要というのは、例の外事課の課長の名前だ。その佐久間要は、自分のことを、その不動産屋には、どういっているんだ？」

「契約書によると、旅行作家となっています」

「どうも分からないな。連中は、公務で動いているんだ。便利な、金沢市内のホテルか旅館、あるいは、県警本部の建物を利用するはずなのに、どうして、そんな普通の家を借りたのだろう？」

「連中は、全部で七人でしょう？　その七人が、ゾロゾロと、旅館やホテルに入ったら、目立つからじゃないですか？」

亀井が、意見をいった。

「その場所は、どんなところなんだ？」

十津川が、早苗に、きいた。

「市の中心からは、離れていて、周辺に公園があったり、マンションが、並んでいたりする、郊外という感じの場所です」

早苗は、十津川の広げた、金沢市内の地図に、問題の場所の印を付けた。

十津川は、その後、石川県警本部の中西警部に、電話を入れた。

「昨日、ロハス大統領が、金沢に来てから、立ち寄った場所ですが、新聞にあったように、加賀友禅の店と、九谷焼の店、次には、加賀宝生流の稽古場だと、中西さんに教えていただいたのですが、ロハス大統領は、銀行にも、寄ったんじゃありませんか？　それが事実なら、どうして、新聞は、立ち寄ったことを書かなかったんでしょうか？」

「ロハス大統領は、その銀行、加賀信用金庫金沢支店ですが、そこに、本国から一万ドルを、送金させたんですよ。その一万ドルを、昨日、下ろしています。多分、一万ドルで、帰国のとき、金沢の土産物を、買ったりするつもりでしょう。そのことを、新聞が書かなかったのは、大統領が、一万ドルを送金させたということなど、プライバシーの中でも、最も、プライベートなことですからね。だから、書かなかったんだと思いますよ。また、一万ドルという金額のこともあります。石油で儲《もう》けているのに、大統領の小遣いが一万ドルか。少ないんじゃないのかとか、あるいは逆に、多すぎるとか、いろいろと、いわれることになると思って、遠慮して、新聞は書かなかったし、私も、十津川さんにいわなかったんですよ」

「ロハス大統領は、どうして、その加賀信用金庫金沢支店に、本国から送金させたんでしょうか？」

「大統領は、大学時代に、金沢で過ごした時、この信用金庫を利用しているんです。信用金庫というのは、地元の職人が、よく利用するんです。加賀友禅の店とか、九谷焼とか、あるいは金箔なんかの職人が利用するのは、都市銀行ではなくて、たいてい信用金庫です。学生時代、そういう職人たちとのつき合いが多かったロハス大統領ですから、彼も信用金庫を、利用していたのだと思いますね。だから、今回も、その信用金庫に口座を作って、そこに本国から、送金させたのだと、こちらは考えています」

十津川は、電話を切ると、亀井に、

「今、一ドルはいくらだ？」

と、きいた。

「確か、今は、百二十円ぐらいじゃありませんか？」

「とすると、一万ドルは、百二十万円か」

「そうですね」

「ロハス大統領の、オーレリア共和国は、現在、石油で儲けている国だ。ロハス大統領自身も、資産家の家に生まれている。何でも、石油の権利の三分の一を持っているといわれている資産家なんだ。それが、日本で使う小遣いが一万ドル、百二十万円というのは、少しばかり、少なすぎるんじゃないのか？」

十津川は、首を傾げている。

その金額に、首を傾げたこともあるが、そのことを調べに、金沢に来る早々、加賀信用金庫金沢支店に寄った、警察庁の外事課の刑事たちの行動も不審だったのだ。

そんなことを調べたところで、いったい、何がわかるというのか？

第一、わざわざ、信用金庫に行かなくても、電話をすれば、済むことである。

こちらが警察庁だといえば、支店長だって、問題の一万ドルの件は、正直に話してくれたはずである。それなのに、なぜ、外事課の三人は、わざわざ、金沢まで来て、信用金庫に寄ったのだろうか？

「明日、問題の信用金庫にいってみよう。それから、三人が、わざわざ契約して、借りた家も見てみたい」

と、十津川が、いった。

第三章　女川

1

翌朝、加賀信用金庫金沢支店が開くのを待って、十津川たちは、支店長に、会いに出かけた。

十津川と亀井を迎えて、支店長は、二人を、支店長室に案内してから、

「どうも弱りましたね。東京の刑事さんは、どうして、ウチのような小さな支店に、興味を、お持ちになるんですか？」

と、きく。

「昨日、刑事が、三人来たと思うんですが、何をしに来たんですか？」

十津川がきくと、支店長は、笑って、

「昨日の三人の刑事さんは、ご同僚なんでしょう？　どうして、本人に、直接おききにならないんですか？」

「もちろん、本人にきいてもいいんですが、ちょっと、秘密にしなければいけないことがありましてね。だから、内緒で、私たちに話してもらえませんか？」

「大したことじゃありませんよ。現在、金沢には、ご存じのように、オーレリア共和国のロハス大統領が、いらっしゃっていましてね。本国から、ウチの支店を通じて、一万ドルが送られてきたのです。そのことを、昨日いらっしゃった、三人の刑事さんは、確認されたんですよ」

「一万ドルのことだけですか？」

「ええ、ほかには、何も、ありませんから」

「一万ドルが、オーレリア共和国本国からロハス大統領に、送られてきた。これは、間違いないですね？」

「ええ、間違いありません。それで、ロハス大統領には、お渡ししましたよ。日本円にして欲しいと、おっしゃるので、半分をドル、半分を、円にしました。おそらく、国にお帰りになる時に、お土産を、買って行かれるんじゃありませんか？」

「オーレリア共和国は、今や、世界屈指の産油国ですよ。ロハス大統領は、そこのリーダーなのだから、一万ドルというのは、少しばかり、少なすぎるのでは、ありませんかね？」

「それは、考え方じゃありませんか？　一万ドル、日本円で、百二十万円。ロハス大統領が、家族への、お土産を買うとしたら、それほど、少ない金額とは、思えませんけどね」

「しかし、ロハス大統領自身も、大変なお金持ちなわけでしょう？　若い時から資産家だったと、そうきいていますよ。そういう人だとしたら、やっぱり、一万ドルというのは、少ないんじゃないかなあ」

「そうですかね。じゃあ、今度、ロハス大統領に、お会いになったら、きいてみられたら、どうですか？」

「ロハス大統領は、現在、確か、三十七歳ですよね？」

十津川が、思い出したように、きいた。

「そうですか。私は、あの大統領の年齢までは、知らなかったのですが、そうですか、三十七歳なんですか。ずいぶん若いんですね」

「そのロハス大統領が、二十五歳の時、一ヵ月、この金沢で、過ごされた。その時にはもう、この加賀信用金庫金沢支店は、あったわけですよね？」

「ええ、もちろん、ありました」

「その時も、ロハス大統領は、国からの、送金を、この加賀信用金庫で、受け取っておられたのですか？　一ヵ月を過ごされたのだから、かなりの額のお金が、必要だったんじゃないかと、思うんですけどね」

「そういうことは、よく分からんのですよ。何しろ、私は、去年、ここの支店長になったばかりですから」

「去年から、ここの支店長？」

「ええ、そうです」

「では、前任者は、今、どうしておられるのですか？　まだ、加賀信用金庫に勤めていらっしゃるのだったら、きいてもらいたいな。ロハス大統領が、二十五歳の時、金沢で一ヵ月を過ごした。その時に必要だったお金は、加賀信用金庫に、振り込ませたのか。その件をきいて、もらいたいのですよ」

「じゃあ、本店に、問い合わせてきいてみましょう。ただ、分かるかどうかは、ちょっと自信がありませんけど」

支店長は、気楽にいうと、自分で、本店のほうに電話をしていた。五、六分すると、受話器を置いて、

「やっぱり、その時も、ロハス大統領、いや、もちろん、その時はまだ、大統領ではなか

ったんですけど、国のほうからウチの店を通して、送金させて、いたらしいですよ」

と、十津川に、いった。

「確か、ロハス大統領は、オーレリア共和国では、名門の家の出で、資産家の息子さんだから、当時から、価値ある土地をいくつも持っていたのではないか？　その点は、どうですか？」

「さあ、どうでしょうか、私には、分かりませんね。先ほども、申し上げたように、私は、去年から、ここの支店長になったばかりですから」

相手は、また、引いたようないい方をした。

「今、支店長は、ロハス大統領、当時はもちろん、学生だったけど、その時にも、この信用金庫を通して、本国から送金してもらっていたと、そういいましたね？」

「ええ、そうです」

「当時、どのくらいの金額を、送金していたんですか？　今回は、三日間で、一万ドルだから、金沢に、一ヵ月間いた当時は、もっと多かったんじゃありませんか？」

「それがですね、送金があったことは、間違いないのですが、その金額は、いわないで欲しいと、口止めされているんですよ」

「誰に口止めされているんですか？」

「もちろん、現在の、ロハス大統領ですよ」

「何となく、おかしいな」

十津川が、つぶやく。

支店長が、エッという顔になって、

「何もおかしいことは、ないんじゃありませんか？　今、ロハスさんは、大統領ですから、学生時代のことは、あまり、知られたくないんじゃありませんかね？」

と、いった。

「なるほどね。昨日来た、三人の刑事ですが、その三人も、今の私と同じように、学生時代の、ロハス大統領が、この信用金庫を通じて、本国から送金させた、その金額を、知りたがったんじゃありませんか？」

「いや、そんなことは、何も聞かれませんでしたよ」

「じゃあ、今度、送金された、一万ドルのことだけをきいて、彼らは、帰っていったのですか？」

「ええ、そうです」

「それもおかしいな。そんなことを知ったって、どうしようもないのに」

十津川は、首を傾げた。

二人は、信用金庫を出ると、十津川が、ホテルで別れた北条早苗に、携帯をかけた。

「そちらは、どうだ？」

と、十津川が、きく。

「警部がいわれた、女性の名前だけは、分かりました」

早苗が、答える。

「じゃあ、その女性のことをききたい。どこがいいかなあ。そうだ、浅野川のほとりで、会おうじゃないか。泉鏡花《いずみきようか》の文学碑が建っているところ、そこで、会おうじゃないか」

十津川は、ホテルで別れる時、北条早苗に、ロハス大統領は、学生時代、一ヵ月間、金沢で過ごした。その時、好きな日本女性が出来たのではないか。そうなら、その女性の名前を調べておくように、と指示しておいたのである。

十津川と亀井の方が、先に、浅野川のほとりに着いた。

金沢市内を、二つの川が流れている。西を流れるのが、犀川《さいがわ》で、男川と呼ばれ、この川の近くに住んだ室生犀星《むろうさいせい》が、犀川への思いを、詩に詠《よ》んでいる。

これに対して、金沢市の東を流れる浅野川は、その優しいイメージから、女川と呼ばれる。浅野川の方は、この川の近くに住んだ泉鏡花の多くの作品で知られているが、特に、「滝の白糸」で、有名になった。

今、十津川が眼にしている浅野川は、女川と呼ばれるだけに、ゆったりと流れている。川岸は、きれいに整備されていて、ところどころに、河原におりる階段があり、犬を散歩させている市民の姿があった。

肝心の泉鏡花の文学碑は、意外に小さいものだった。二人が、その前で待っていると、北条早苗は自転車にのって、現れた。

早苗は、自転車からおりると、

「足で歩いて、ロハス大統領の昔の恋人を探すのは大変だなと思っていたら、自転車を貸している店があったので、そこで、借りました」

と、十津川に、いった。

「金沢市内で、レンタサイクルをしている所があるんだな」

「市内の旅館なんかでも、貸してくれるそうです。ただ、金沢は、雨が多いので、サイクリングの最中に、雨に降られる覚悟はしておいてくれと、いわれました」

「それで、肝心の女性の名前なんだが」

「名前は、久保田絵理子《えりこ》です。十二年前、ロハス大統領と会った時は、二十二歳だったそうです」

「しかし、よく、見つけられたね」

「何しろ、今から十二年前のことなので、難しいと思っていたんですが、意外に簡単でした」

「つまり、彼女のことを、覚えていた人がいたということだな？」

「そうです」

「どんな女性なんだ？」

「父親は加賀友禅の職人だったそうです。今は、職人たちが集まって、友禅団地を作っていますが、ロハス大統領が、十二年前に来日した時は、この浅野川の傍に、家があり、独立して、加賀友禅のデザインや、彩色もしていたそうです」

「その職人の娘を、学生のロハス大統領が、見初《みそ》めたということか？」

「そうです」

「しかし、偶然、そんなことになったのかね？」

亀井がきくと、早苗は、

「向こうにあるのが、滝の白糸の銅像です」

と、指差した。

文学碑から、五、六メートル離れた場所に、水芸人、滝の白糸の銅像が、建っている。

丁度、観光客らしい若い女の二人づれが、傍にいた。

銅像の脇に、「水」の字をかたどったスイッチがあり、そこに手をかざすと、滝の白糸のかざす扇子から、水が、噴きあがる仕掛けになっていた。二人の娘は、代わるがわる、噴水を噴きあげては、喜んでいる。

そのうちに、彼女たちは、自転車にのって、姿を消した。早苗と同じように、レンタサイクルを利用しているらしい。

彼女たちに代わって十津川たちは滝の白糸の像の前に、移動した。

「この芝居のストーリーを知っていたのか？」

と、亀井が、早苗にきいた。

「名前は、知っていましたが、ストーリーは知りませんでした」

「困ったものだな。日本を代表する悲劇なのに」

「滝の白糸と、十二年前のロハス大統領と、どんな関係があるんだ？」

十津川が、きく。

「毎年、春になると、この浅野川の川岸で、お祭りがあるんです。浅野川園遊会というそうです。その時には、河原に舞台を作って、滝の白糸に扮《ふん》した若い女性が、水芸を見せるらしいのです」

「さっき、君のいった久保田絵理子が、十二年前の祭りのとき、滝の白糸に扮して、水芸を披露したということだね？」

「彼女は、加賀友禅の職人の家に生まれたので、着物になれていたし、当時、女子大生で、キャンパスクイーンになった美人なので、抜擢《ばってき》されて、その年の祭りの滝の白糸に、なったそうです」

「それを、たまたま、金沢に来ていた二十五歳のロハス大統領が、見初めたということか？」

「彼の方が、一方的に、好きになってしまって、強引に、久保田絵理子の家に、一ヵ月、ステイすることに、なってしまったようです。この辺りに住んでいる人が、そのことを覚えていて、私に、教えてくれたんです」

「それで、久保田絵理子は、今、どうしているんだ？　当時、二十二歳というと、今は、三十四歳だろう？　結婚しているのか？」

「それが、行方《ゆくえ》不明だそうです」

「行方不明？」

「そうです」

「彼女の両親は？」

「二年前の二月中旬、車で外出した時、道路が、アイスバーンになっていて、運転をあやまり、対向車線に飛び出し、トラックと、正面衝突して、両親は、死亡したそうです。その直後に、一人娘の久保田絵理子が、行方不明というか、失踪《しっそう》してしまったというのです。私も、話を聞いただけなので、確認はしていません」

「両親が、交通事故死で、その直後に、本人の久保田絵理子が失踪か。おかしないい方だが、出来すぎた話だな」

十津川が、考え込む。

「それに、二年前というのも、引っかかりますね。二年前というと、確か——？」

「ロハス大統領が、選挙で、大統領に選出された年だよ」

と、十津川は、亀井に、いった。

「くわしい話を聞きたいですね」

「それなら、市内に加賀友禅伝統産業会館というのがあって、そこで、加賀友禅のことや、職人のことを、教えて貰えるそうです」

と、早苗が、いった。

早苗は、自転車で、十津川と亀井は、タクシーで、行くことにした。

金沢市の紋章のついた入り口を入ると、現代の加賀友禅と、江戸時代の加賀友禅が、対比して、飾られている。その他、友禅の小物も並んでいる。

ここでは、ハンカチの友禅染めも、体験できるらしいが、十津川は、二年前に事故死した久保田夫婦のことを聞きたかった。

幸い、ここで、加賀友禅のデッサンや、彩色を実演している職人がいるというので、その職人に会うことにした。

田中文也《たなかふみや》という中年の職人で、もう、十五年、加賀友禅の勉強をしているという。田中は、たたみの部屋で、生地の上に、細かいデッサンを描き、それに、根気よく、色を入れながら、質問に答えてくれた。

「久保田夫婦のことは、よく、覚えていますよ。ご主人の久保田進《すすむ》さんは、私の十年先輩で、あのままいけば、現代の人間国宝になるだろうといわれる人でしたよ。奥さんの晶《あき》子《こ》さんは優しい働き者だったな。娘の絵理子さんは、着物の似合う美人でしたよ」

「十二年前、金沢にやってきた、今のロハス大統領と、絵理子さんとのロマンスは、ご存じですか？」

「その頃、私の家が、久保田家の近くで、家族ぐるみの付き合いをしていたから、よく知っていますよ。浅野川の祭りの園遊会で、絵理子さんが、滝の白糸に扮しましてね。きれいで、色っぽかったから、二十五歳のロハス大統領が惚《ほ》れても不思議はないと思いましたね」

「そのあと、ロハス大統領が、強引に、久保田家に入り込んで、一ヵ月ホームステイしたと聞いたんですが、これは本当ですか？」

「本当ですよ。最初、久保田夫婦は、反対だったんですよ。外国人を一ヵ月も世話するのは、大変ですものね。それが、市長の方から、国際親善のためだからと説得されて、引き受けたようですよ」

「娘の絵理子さん自身は、どうだったんですかね？」

「彼女は、高校時代は、アメリカにステイの経験があったし、英語が得意だったから、別に苦痛に感じなかったでしょうね。それに、男から、惚れられて、悪い気のする女はいないんじゃありませんか？」

「二十五歳のロハスさんは、どうだったんですか？」

「そりゃあ、喜んでいたんじゃないかな。いつも、手をつないで、歩いていましたからね」

「一ヵ月で、帰国したんだけれど、その時の、何か、エピソードを知りませんか？」

「私が聞いたのでは、ロハスさんが、一緒に私の国に来ないか、向こうで結婚しようというって口説いたという話がありますよ。絵理子さんは、気持ちが、ゆらいだが、とうとう、両親と別れられないので、断ったという話も聞いています」

「久保田夫婦は、二年前の二月に、交通事故で死亡し、その直後に、絵理子さんが、失踪したと聞いたんですが、これは、本当ですか？」

「残念ながら、本当です。久保田夫婦は、とにかく、運が悪かった。道が、アイスバーンになっていて、車がスリップして、対向車線に飛び出し、大型トラックと、正面衝突しましたからね」

「絵理子さんの失踪は、どう思っておられますか？」

「全く、わからんのですよ。ご両親の葬儀の直後でしたからね」

「失踪の理由は、何だったんですか？」

「いろいろな噂《うわさ》がありました。両親の突然の死で、がっくりして、自殺してしまったのではないか。死体が見つからないのは、北陸の海に投身したからじゃないかとかね。反対に、好きな男が出来て、今頃、東京か大阪あたりで、その男と、暮らしているんじゃないかという噂までありましたが、どれも、信じられませんでした。今もです」

二年前、交通事故で死んだとき、久保田進は五十五歳で、晶子は、四十九歳だったという。

「今、久保田さんの家は、どうなっているんですか？」

「遠い親戚の人が、一時、住んでいたんですが、今は、不動産屋のもので、貸家に、なっているといっています。私は、以前は、近くに住んでいたんですが、今は、マンション暮らしなので」

田中は、ノートを取り出し、それに、久保田家のあった場所を、描いてくれた。

十津川と一緒に、その地図を覗《のぞ》き込んでいた北条早苗が、

「あッ」

と、小さな声をあげた。

その声を聞きとがめて、十津川が、

「何んだ？」

と、きいたが、早苗は、その声が聞こえなかったみたいに、地図を描いてくれた田中に向かって、

「この近くに、立派な木製の橋が、かかっていませんか？」

「ええ。浅野川にかかる梅の橋で、歩行者専用です」

「何を気にしているんだ？」

と、十津川が、きいた。今度は、早苗が、小声で、

「例の家です。警察庁外事課の三人が、借りた家なんです」

と、いった。

2

十津川は、慌てて、亀井と早苗を産業会館の外に連れ出した。

「さっきいったこと、間違いないんだろうね？」

と、早苗に、きいた。

「あの地図の場所が、間違いなければ、外事課の三人が、借りている家です」

「その家を、見に行こうじゃないか」

十津川が、いった。

浅野川のほとりを、しばらく歩いた後、早苗が、立ち止まって、

「この家です」

指差した。

そこには、二階建ての、日本家屋があった。道路に面して、塀がめぐらされ、その脇には、車が二台入るだけの、スペースを持った車庫があった。

近くには、古い木造の橋が、かかっている。

十津川たちは、近くの不動産屋に行ってみることにした。

亀井が、その不動産屋で、

「浅野川のほとりに、塀をめぐらした、日本家屋が見えますね。あの家ですが、今は、貸家になっているわけですね？」

と、店の主人に、きいた。

「そうですよ。昔は、あそこで、加賀友禅を作っていたんですが、今は、貸家になっています」

「職人の久保田さんが、住んでいた家ですか？」

十津川が、少しばかり、勢い込んで、きいた。

「よく、ご存じですね」

と、店の主人は、笑って、

「そうなんですよ。前は、古い加賀友禅の家でした。今はもう、空き家になってしまっていますが、昔は、浅野川の周辺に、加賀友禅を作る家が、たくさんあったんです」

「久保田夫妻は、二年前の二月に、交通事故で、死んだときいたのですが、本当ですか？」

「ええ、あれは寒い日で、路面が、凍結していたのが原因でしょうね。それで、車がスリップして、対向車線に飛び出したところに、大型のトラックに、正面衝突されたら、ひと

「久保田夫妻には、絵理子という娘がいて、事故の後、なぜか、その娘さんが、行方不明になったときいたのですが、それも本当ですか？」

「ええ、本当ですよ。でも、東京の刑事さんが、どうして、そんなことに、興味をお持ちなんですか？」

「実は、ある事件を、調べていましてね。どうして、久保田絵理子さんが、行方不明になったのか、誰か、本当の理由を、知っている人は、いませんかね？」

「こちらの警察も、しばらく探していましたけどね、とうとう、分からずじまいで、捜査は、打ち切りに、なってしまいました。一年ぐらいは、探して、いたんじゃありませんかね」

「今、金沢には、オーレリア共和国の、ロハス大統領が来ていますよね？　そのことは、ご存じですか？」

「ええ、もちろん、知っています。金沢では、その話で、持ちきりですから」

「そのロハス大統領が、二十五歳の時、一ヵ月間、この金沢で過ごした。その時、今、行方不明になっている久保田絵理子さんのことを、好きになり、あの家にステイしていたと、きいたのですが、本当ですか？」

「そういう噂は、きいていますよ。でも、それが、本当かどうかは、分かりません。一ヵ月後に、ロハス大統領は、国に帰ってしまわれたし、久保田絵理子の両親が、交通事故で死んで、その後、彼女自身が行方不明に、なってしまっていますからね」

「ロハス大統領は、行方不明になった、久保田絵理子さんに、会いたいから、この金沢に来た。これはどうでしょう？　本当だと思いますか？」

十津川が、きくと、店の主人は、ますます当惑した顔になって、

「そういうことは、全く、分かりません。いろいろと、面白おかしく、話がどんどん広がっていきますからね」

そのいわくつきの家を、今度、警察庁外事課の、佐久間課長と課員二人、合計三人が、金沢にやって来て借りている。これは、単なる偶然なのだろうか？

それとも、何か意味があるのだろうか？

十津川は、そんなふうに考えたが、もちろん、答えは、すぐに見つかりそうもなかった。

「久保田夫婦の交通事故を扱った刑事に会ってみたいね。それに、娘の絵理子の失踪を調べた刑事にもだ」

と、十津川が、いった。

金沢市には、東、西、中の警察署がある。場所から考えて、東警察署が、担当したろう

と、考え、三人は、東警察署に向かった。

そこで、まず、交通課の青木《あおき》という刑事に、会った。

二年前の事故の調書や写真は、保管されていて、見ることが、出来た。

事故は、正確には、二年前の二月十八日の午後十一時五分に発生していた。

事故直後の写真は、凄惨《せいさん》なものだった。投光器の明かりの中で、大型トラックと、正面衝突した軽自動車は、フロント部分が、原形をとどめないほどに潰《つぶ》れていて、この写真を見ただけでも、軽自動車の中の人間は、助かるまいと、思われるものだった。

軽自動車に乗っていた久保田夫婦の写真も調書の中にあった。

「久保田夫婦ですが、どうして、こんな遅い時刻に、車で出かけたんですか？」

十津川が、青木に、聞いた。

「調書にも、書きましたが、問屋へ、出来あがった友禅の反物を届けるためでした」

「こんなに遅い時刻にですか？」

「注文主の問屋では、どうしても、その日の内に欲しかったので、無理を、お願いしてしまった。申しわけないことをしたと、くやんでいましたね」

「トラックを運転していた人間に、過失は、なかったんですか？」

亀井が、きくと、青木は、苦笑した。

「そのトラックは、辻村《つじむら》運送のもので、運転していたのは、そこの主人の辻村健《けん》、三十五歳で、亡くなった久保田夫婦とは、全く関係のない男です。また、彼の証言によれば、対向車線を行く軽自動車が、ふいに、スリップして、飛び出してきたので、あわてて、ブレーキをふんだが、間に合わなかったというのです」

「事故の目撃者は、いたんですか？」

「深夜でしたから、目撃者は、おりません。事故を起こしたトラック運転手の辻村健が、自分で、一一九番したんです」

「その辻村健は、今、どうしていますか？」

「このあと、倒産して、今は、行方不明だと聞いています」

次に、十津川は、生活安全課の高田《たかだ》という刑事に、失踪した久保田絵理子のことを、聞いた。

高田は、二年前に、久保田絵理子探しに使った写真を、十津川たちに見せてくれた。

写真は、五枚。

絵理子が、滝の白糸に扮している写真。

両親と一緒の写真。

両親が死亡し、その葬儀の時の写真。

女友だちと、一緒に写っている写真。そして、五枚目は、十二年前に、金沢にやって来た、二十五歳のロハス大統領と並んでいる写真だった。

「両親が亡くなったあとだとすると、誰が、彼女の捜索願を出したんですか？」

と、十津川が、きいた。

「彼女の大学時代の友人で、現在市役所に勤務している、木村恵子《きむらけいこ》という女性です」

「この五枚の写真は、どこから入手されたんですか？」

「全て、その木村恵子という女性が、用意してくれたものです」

「失踪した久保田絵理子ですが、全く、手掛かりなしですか？」

「情報は、いくつか寄せられましたが、いずれも、久保田絵理子を見つけるまでには、いたりませんでした。結論として、自分から姿を消したのだろうと判断しました」

「この写真を、二枚だけ、お借りしたいのですが」

十津川が、いうと、高田は、

「それは、構いませんが、彼女は、見つかりませんよ。一年間、探しても、見つからなかったんですから」

3

十津川たちは、金沢市役所に回り、現在、職員課で働いている木村恵子に、会った。

三十四歳で、子供も二人いるという。久保田絵理子と同じ年齢である。

恵子は、十津川たちが、東京の刑事と知ると、不思議そうに、

「どうして、急に、東京の刑事さんが、絵理子のことを、問題にするようになったんですか？　さっきも、同じ東京の刑事さんが――」

と、いう。

「来たんですか？」

「ええ」

「三人で、来たんじゃありませんか？」

「ええ」

「あなたに、何を聞きに来たんですか？」

と、十津川が、きいた。

「彼女の写真を持っていたら、借りたいというので、三枚、お貸ししましたけど」

「それだけですか？」

「本当に、絵理子の行方を知らないのかと、きかれたので、知りませんと、お答えしましたけど」

「あなたは、彼女が、なぜ、突然、失踪したと思っているんですか？」

亀井がきくと、恵子は、少し考えてから、

「新しく、人生をやり直そうと、思ったんじゃないかしら？」

「人生を、やり直す——ですか？　それまで、彼女は、どんな人生を考えていたんですか？」

「加賀友禅の家の一人娘だったから、当然、父と同じ道に進むと考えていたと思います。彼女は、その道の才能があったから」

「それが、両親の突然の死で、気持ちが変わってしまったんですか？」

「と、思うんですけど」

「しかし、両親が死んで、なおさら、跡を継ごうと決心することだって、あるんじゃありませんかね」

「ええ」

「なぜ、彼女は、そうならなかったんでしょうか？」

「私の勝手な想像なんですけど」

「構いません。話して下さい」

「お金じゃないかと思ったんですよ」

「しかし、浅野川のほとりに、立派な家があったじゃありませんか？」

「ああ、あの家ですか。あれは、抵当に入っていたんです」

「父親の久保田進さんは、腕のいい加賀友禅の職人だったんでしょう？」

「ええ。だからといって、お金持ちになれるとは、限りませんね。絵理子の両親は、金儲けは下手だったし、困っている仲間を、経済的に援助したりしていたから、借金が増えて、あの家は、抵当に入ってしまったんだと思うんですよ。だから、あの家を引き取った親戚は、すぐ、不動産屋に処分をまかせてしまったんです」

「じゃあ、失踪する時、絵理子さんは、無一文だったということですか？」

「それが、よくわからないんです」

「どうしてです？」

「彼女に、最後に会ったのは、ご両親の葬儀の時なんです。今、いったことがあるんで、私は、彼女に、いったの。困ってることがあれば、正直にいってって。何とか力になりたいからって」

「彼女は、どういったんですか？」

「それが、こんなことをいったんです。万事オーケイって」

「万事オーケイですか？」

「意味がよくわからなくて」

「ちょっと、待って下さいよ」

十津川は、東警察署で、借りてきた写真を取り出した。

その中に、両親の葬儀の時のものがあった。

「この時、彼女、微笑していますね」

「それ、私が、撮った写真です。変でしょう？　一番悲しい時なのに、彼女、微笑してたんですよ。そして、万事オーケイって」

「そのあと、突然、失踪した？」

「ええ」

「十二年前、二十五歳のロハス大統領が、一ヵ月、金沢にステイして、その時、滝の白糸に扮した絵理子さんに、一目惚れしたと聞いたんですが、この話、本当ですか？」

十津川が、きくと、恵子は、ニッコリして、

「ええ。本当です。あの時、彼女は、女子大生で、私も同じ大学で、仲が良かったから、

よく知ってるんです」

「その時、彼女の方は、ロハス大統領を、どう思っていたんですか？」

「最初は、戸惑っていましたよ。向こうが、本気かどうかもわからないといって。でも、ロハスさんが、彼女の家にステイするようになってから、少しずつ、彼女の方も、好きになっていったんじゃないかしら」

「つまり、二人の仲は、うまくいってたというわけですね？」

「ええ。でも、結局、ロハスさんは、帰国してしまったんです」

「その時、ロハス大統領が、彼女を、連れて帰ろうとしたのは、本当ですか？」

「ええ。本当。今なら、大統領夫人になるから、イエスと、いったかも知れませんわね」

「今、そのロハス大統領が、金沢に来ていますが、あなたのところへ、絵理子さんの行方を聞きに、来たんじゃありませんか？」

「いいえ」

「来ないんですか？」

「ええ。電話もありません。きっと、絵理子のことなんて、もう忘れてしまってるんじゃないかしら」

「しかし、それなら、この金沢に、何しに来たんだろう？」

十津川は、首をかしげてしまった。

4

その日の夕方、ホテルの食堂で、亀井や北条早苗と、夕食を取っていた十津川は、食堂の中にあった夕刊に、こんな記事が載っているのを見つけた。

尋ね人の、広告である。

「絵理子。亡くなったご両親のことで、あなたに話したいことがある。すぐに連絡されたし」

その後に、携帯らしい電話番号が書かれてあった。

しかし、そこに、名前はない。

「ちょっと見てくれ。この尋ね人の広告だがね。絵理子というのは、久保田絵理子のことじゃないかな？」

と、十津川が、二人に、新聞広告を見せると、亀井は、すぐ、

「ええ、間違いなく、われわれが探している、久保田絵理子のことですよ。この広告を出した人間も、明らかに、久保田絵理子を探しているんです」

「いったい、誰が探していると思うね？」

「おそらく、警察庁外事課の連中と、いいたいところですが、残念ながら証拠がありません」

その時、十津川の携帯が、鳴った。

「私だ」

と、いうと、男の声で、

「三田村《みたむら》です。今、金沢駅に降りたところです。警察庁外事課の残りの四人、これが動き出したので、本多捜査一課長の指示で尾行をしてきました。連中は、金沢駅で降りました。金沢のどこへ行くのか、さらに連中を尾行して、分かりましたら、お知らせします」

と、三田村が、いった。

「とうとう、外事課の七人のうち、残りの四人も動き出したか」

「何だか、焦っている感じですね」

亀井が、感想をいう。

「いったい、何に、焦っているのだろう？」

「警部は、本当は、分かっていらっしゃるんでしょう？」

「そうだね。たぶん、連中は、行方不明になっている、久保田絵理子を探しているんだ。何とかして一刻も早く見つけたい。そう思って、必死になっているんじゃないのか？」

「でも、それは、おかしいと思います」

と、北条早苗が、いった。

「どこが、おかしいんだ？」

十津川が、きく。

「久保田絵理子さんが行方不明になったのは、今から二年前です。その時に、地元の警察は、一応捜索したものの、見つからず、結局、捜査は、途中で、打ち切りになってしまっています。警察庁は、その時には、誰も何も、騒がなかったじゃないですか？　それなのに今回、急に、特別チームを作って金沢にやってきて、久保田絵理子さんのことを調べている。その間に、何があったんでしょうか？」

「ひょっとすると、こんなことじゃないかと、思うんだよ。ロハス大統領の要請を受けて、日本政府が、警察庁外事課に、久保田絵理子を探せと、命令してきた。彼女が見つかれば、石油の輸入交渉にも、いい影響を与えると、政府が考えているとすると、警察庁外事課の連中が、必死になるのも、無理はないんじゃないか？　カメさんも、そう思っているんじやないか」

「そうですよ。ほかに、考えようがありませんから」

「もっと、ロマンチックに考えれば、ロハス大統領が、若い時に、好きになった日本女性のことを思い出して、何とか、探してくれるように、今回、政府間の交渉に来た機会に、誰かに、依頼したのかも知れない。ロハス大統領は、ただの大統領ではない。日本がいちばん、欲しがっている石油が、大量に発見された、いわば石油の国の大統領だ。だからこそ、日本政府も必死になって、久保田絵理子を探そうと考え、それを警察庁外事課に頼んだ。そういうことじゃないかな？」

「しかし、久保田絵理子を、見つけ出して、ロハス大統領は、いったい、どうするつもりなんでしょう？　大統領は、すでに、結婚しているはずですよ」

と、早苗が、いった。

「でも、あの国では、何人もの奥さんを持てるわけですからね。第二夫人として、久保田絵理子を、欲しいんじゃありませんか？」

「なるほどね。彼女を、見つけ出して、ロハス大統領は、自分の国に連れて帰る。そんなことを考えているのかな？」

「その考え、私は、当たっていると思いますよ。十二年前も、そうしたかったみたいですから」

亀井が、いった時、三田村刑事が、入ってきた。

「例の四人を尾行して、この金沢まで来てしまいました。彼等が、川の近くの家に入ったので、もう尾行する必要はないだろうと思い、報告に来ました」

三田村刑事が、いうと、十津川は、やっぱりと、肯《うなず》いて、

「四人が入った家というのは、浅野川の近くに建っている日本家屋で、近くに木製の橋が、見えるだろう？」

「ええ、その通りです。でも、どうしてあの家をご存じなんですか？」

と、三田村が、きき返した。

(やっぱり、あの家か)

と、十津川は、思いながら、

「一応念を入れておきたいんだが」

と、いって、地図を持ち出し、問題の家のところに、赤丸をつけて、三田村に見せた。

「ここじゃないのか？」

「ええ、間違いありません、この家です。しかし、どうして、外事課の連中が、あの家に、入っていったんですか？」

「昨日、外事課の佐久間課長が、二人の刑事を連れて、あの家に入ったんだ。あの家の大きさなら、あと四人来ても、大丈夫だろう。そう考えてあの家を借りたんだと、思っていたんだが、他にも、あの家を借りた理由がありそうなんだ」

十津川は三田村に、久保田絵理子のことを話した。

三田村は、十津川の話をきいたあと、首をかしげて、

「ロハス大統領の、十二年前の恋人ですか？　彼女の家が、貸家になっていて、そこに、外事課の連中が入った。なぜ、そんなことをしているんですかね？　別に家なんか借りなくても、県警の空き部屋を使ってもいいし、金沢には、警察署が、三つあるでしょう？　そこのどこかに、部屋を借りたっていい。なぜ、東京から、七人でどっと押し寄せてきて、妙な因縁の家を、借りたんでしょうか？」

「外事課の連中は何とかして、久保田絵理子を見つけ出したい。その手掛かりを求めて、彼女が、両親と一緒に住んでいた家を、借りたんだと思うね。あの家には、久保田絵理子が、どこに行ったのかを、教えるような、その手掛かりがあると思って、いるんじゃないのか？　佐久間課長は、そんなことを、考えているんじゃないかな」

「しかし、堂々めぐりになってしまいますね。必死になって、警察庁外事課が行方不明になった久保田絵理子を、探している。その理由は、ロハス大統領が、かつて、好きだった

女性で、大統領から是非探してくれと頼まれた。頼まれたのは、おそらく、外務省の人間でしょう。外務省が、警察庁外事課に頼んだ。こういうことに、なっているわけでしょう。そう考えるのが、いちばん手っ取り早いんじゃありませんか？」

三田村が、十津川を見て、いった。

「問題は、その理由だな」

と、十津川が、いった。

「ロハス大統領が、昔の恋人のことを、思い出し、何とか見つけ出して、国に連れて帰りたい。その大統領の要請を受けて、警察庁外事課が、動き出した。しかし、警部は、そういう、ストーリーでは、満足できないんでしょう？」

亀井が、十津川に、きいた。

「いいかい、私は、どうしても、そこが引っ掛かるんだよ。確かにオーレリア共和国は、今、石油大国になっていて、注目を集めているから、日本政府としては、何とかして、いい関係に持ち込みたい。大統領の要請は、断り切れない。そこまでは、分かるんだよ。しかし、これは、あくまで、個人的な用件だ。大統領が、昔好きになった女、それを見つけたいのなら、自分で、見つければいい。普通の国の人間なら、そんなふうに、いうんじゃないだろうか？

わざわざ、警察庁の外事課が動いたりするのは、少しばかり、おかしいんじゃないか、国家としてね。こんなことで、日本の政府が動いたと分かったら、ほかの国に、バカにされるんじゃないか？　だから、私は、どうにもこの話が納得できないんだよ」

「そうすると、警部は、どんなことを、考えておられるんですか？」

三田村が、十津川に、きいた。

「それが、分からなくて、困っているんだ。だが、単なる大統領の、気まぐれな、昔の恋人探しに、警察庁外事課がつき合っているとは、とても、思えないんだよ」

「すると、外事課の連中は、別な理由で動いている。警部は、そう思われるのですか？」

「その通りだ。だが、今もいうように、私にも、その理由が分からないんだよ。だから、余計に、イライラしてくる」

「ロハス大統領は、三日間、金沢にいる予定になっていますね？　今日は、その三日目だから、明日には、国に、帰ってしまうんじゃありませんか？　それまでに、久保田絵理子は、見つかるんでしょうか？」

少し遠慮がちにいったのは、北条早苗だった。

十津川は、肯いて、

「北条君のいうように、今日は、三日目だ。明日になったら、どうするつもりなのだろう？」

と、いったとき、金沢東警察署の署長から、電話が入った。署長には、今日、会っていた。

「金沢東警察署の署長の岩城《いわき》ですが、ロハス大統領が、秘書の、サトウという日本人を通じて、ある発表をしたんですが、ご存じですか？」

「いえ、まだこちらには、何も、伝わってきていません」

「記者会見を開いて、ロハス大統領は、こういったんです。金沢の滞在期間を、もう二日延長する。そういう発表です。なぜ、急に、二日間延長することになったのか、われわれにも、分からないのですがね」

電話が切れると、十津川は、部下の刑事たちに向かって、

「ロハス大統領は、あと二日、金沢の滞在を延ばすそうだ」

「それは、久保田絵理子が、見つからないからでしょうか？」

北条早苗が、きいた。

「今のところ、ほかに、考えようがないね。それほど、ロハス大統領は、十二年前の昔の恋人に、ご執心なんだろう。何とかして見つけ出して、国に連れて帰りたいんじゃないのか。誰もが、そう考え、ロマンチックな大統領だと思う」

「警部は、違うんでしょう？」

亀井が、十津川を見た。

「正直にいうと、まだ、自分の答えが、見つかっていないんだ。本当に、久保田絵理子を見つけ出して、国に、連れて帰りたいと思っているのかも、知れない。しかしだね、十二年間も、ロハス大統領は、久保田絵理子のことを、探していないんだよ。探してくれという要求を、日本の政府に、伝えたこともない。普通なら、日本の私立探偵を、何人も雇って、彼女を、探させるんじゃないだろうか？　そんなことも、していないのに、急に、ロハス大統領は、必死になって、探している。見つけ出したら、国に連れて帰りたい。そういわれても、私には、どうも、ピンと来なくてね」

「しかし、ロハス大統領が、自分から、二日間、金沢滞在を延ばしたということですから、外事課は、いっそう、必死になって、久保田絵理子を、探すんじゃありませんか？」

「久保田絵理子が、見つかれば、全てが明らかになるんでしょうか？」

北条早苗が、首を傾げて、いった。

「君は、どう思っているんだ？」

今度は、十津川のほうから、早苗に、きいた。

「久保田絵理子が見つかっても、ロハス大統領は、国に、連れて帰ったりはしない。私は、そんな気がするのです」

「どうして、そう思うんだ？」

「私は、久保田絵理子さんの気持ちを、考えてみたんです。十二年前、ロハス大統領はまだ学生で、金沢に来て、久保田絵理子さんと知り合った。どちらも二十代で、ともに愛し合った。しかし、ロハス大統領は、オーレリア共和国に帰って、将来は、大統領になるという夢があった。それでも、二人が、本当に、愛し合っていたのなら、今回、久保田絵理子さんは、ロハス大統領が、金沢に来ると分かったら、名乗り出るんじゃありませんか？

それは、何か欲しくて、ということではなくて、若い時の思い出のためです。ロハス大統領だって懐かしいだろうし、久保田絵理子さんのほうだって、おそらく、ロハス大統領が、金沢に来たということで、昔のことを、思い出したに違いないんです。彼女が、どこかで生きていれば、必ず、大統領に、連絡するんじゃないかと、思うんです。それなのに、全く連絡してこない。これは、どういうことなのかと、ずっと考えているんですけど」

「つまり、彼女は、すでに死んでいるということですかね？」

と、いったのは、三田村刑事だった。

「いや、死んではいないと、私は思っている」

キッパリと、十津川が、いった。

「どうして、警部は、そんな、確信が持てるのですか？」

亀井が、不思議そうに、きいた。

「今、警察庁外事課の七人が、必死になって、久保田絵理子を、探している。たぶん、連中は、彼女が、生きているということに、確信を持っているんだ。だから、探しているんじゃないか？　私は、そう、思うんだがね」

十津川が、いうと、その言葉を受けるようにして、早苗が、

「それに、ロハス大統領が、わざわざ、二日間と、時間を決めて、金沢にいる期間を延長したのは、彼にもやはり、久保田絵理子が、生きているという、何か、確信を持てる理由が、あるからじゃありませんか？」

第四章　錯綜する人間たち

1

今日は、問題の四日目である。ロハス大統領は、予定を二日間延長して、五日間、金沢に滞在すると発表し、その四日目になった。金沢市内のホテルで、亀井と朝食をとりながら、十津川は、朝刊に眼を通していて、気になる記事に、ぶつかった。

〈昨日の午後五時、オーレリア共和国から、急遽、ロドリゲス首相が来日、総理はロドリゲス首相を歓迎〉

大きな見出しになっていたが、朝刊に間に合わなかったのか、詳しい記事は、載っていない。

ロドリゲス首相は、六十二歳。ロハス大統領とは、親戚関係にあり、大統領の叔父に当たる人である。一族の繋《つな》がりが強い、オーレリア共和国では、若いロハス大統領の、後ろ盾になっているともいわれる。

そのロドリゲス首相が、昨日、急遽来日したというのは、いったい、どういうことなのだろうか？

「いったい、何の用件で、急遽、来日したのだろう？」

十津川は、首をひねった。

普通、こういう時は、新聞が、解説記事を載せるのだが、昨日の来日が午後五時と遅かったこともあって、朝刊には間に合わなかったのだろう。どの新聞にも、解説記事は、載っていなかった。

「わが国とオーレリア共和国との間の石油協定ならば、すでに合意に達していて、問題は、何も、ないはずなんですよね」

と、亀井が、いった。

十津川は、部屋のテレビを、つけてみた。ニュースの時間になれば、何か報じられ、情報が、得られるかも知れないと思ったからだった。

ロドリゲス首相の急な来日に、十津川は、引っ掛かるものを、感じていたのである。

何とかニュース番組を探して、チャンネルをそこに合わせると、アナウンサーと政治評論家の二人が、ロドリゲス首相の来日について解説していた。

「オーレリア共和国のロドリゲス首相の来日ですが、急な来日なので、いろいろと、いわれていますが、本当の目的は、いったい、何なのですかね？」

アナウンサーが、聞いている。

「ロドリゲス首相は、オーレリアを出発する時、記者団に対して、こんな談話を、発表しています。今後、日本とは親密な関係になる。ロハス大統領は、前にも日本に滞在したことがあるが、私は、これまでに、一度も日本を訪れたことがない。今回の石油協定の交渉を機会に、日本に行き、日本の総理大臣に会ってきたい。そういっているのです」

と、政治評論家が、答える。

「ただの挨拶に、わざわざ、来日したというのですか？」

「オーレリア共和国のような、発展途上国の指導者というのは、とにかく、日本のような国に、一度は行ってみたいと、思うものなんですよ。そこの総理大臣に会って、親交を温めたいんですね」

「確かに、ロドリゲス首相は、今まで日本に、一度も来たことがありません。しかし、今、日本には、ロハス大統領も来ているわけでしょう？　そんな時に、国のリーダーの二人が、同時に、国を留守にしてもいいんですかね？」

「ロハス大統領のほうは明日いっぱい金沢で、明後日は帰るんじゃなかったですか？　だから、国の政治が、停滞するようなことは、ないと、思いますがね。オーレリアは、政情も安定していますしね」

「それにしても、ただの挨拶だけに、来日したというのは、どうにも、解《げ》せませんけどね。それで、いろいろと噂が出る。何か、大事な用件があって、急遽来日したのではないかという人もいるんですけどね」

アナウンサーが食い下がると、政治評論家は、笑って、

「しかし、今のところオーレリア共和国と、日本の間には、何の問題もありませんよ。それどころか、これからの日本としては、産油国のあの国と、仲良くして行かなくてはなりませんし、石油協定は、すんなり締結すると思いますからね」

「確かに、日本とオーレリア共和国との間には、政治的に、厄介な問題は、一つもありませんけどね。まあ、あるとすれば、ロハス大統領が来日した日に、大統領が宿泊したホテルの近くのビルで、日本人が一人、殺されたことですが」

「でも、あれは別に、ロハス大統領が殺したわけでもないですし、まあ、犯人は、日本人

でしょうね」

「そうなると、やはり、ロドリゲス首相の来日の目的は、親善を深めるということですかね？」

「私が聞いたところでは、ロドリゲス首相は、日本で、総理に会った後、韓国、中国を回って、帰国する予定らしいですよ。韓国も中国も、日本と同じように、オーレリア共和国の石油に目をつけていますからね。おそらく、大歓迎されるんじゃ、ないですかね」

それで、関連のニュースは、終わってしまった。

ロドリゲス首相は、昨日、帝国ホテルに一泊、今日の午後一時には、首相官邸を訪ね、総理に、会うことになっていると、テレビのニュースは伝えていた。

それでもなお、十津川は、納得できないものを感じていた。

「ロハス大統領のほうですが、当初、金沢に三日間滞在する予定だったのを、確か二日、延ばしましたね？」

と、亀井が、いう。

「ああ、そうだった。二日延ばしたから、明日まで金沢にいることになったんだ。それでオーレリアの大統領と首相が、二人とも同時に、日本にいることになってしまった。そのことが、私には何となく、不自然な感じがするな。そんな大事な用が、この日本に、あるのだろうか？」

十津川は、東京の三上刑事部長に、電話をかけてみた。

「ロドリゲス首相の、来日が気になるので、私に電話をしてきたんじゃないのか？」

三上のほうが、機先を、制するように、いきなり、聞いた。

「部長も、気になりますか？」

「私は、政治には、どちらかといえば、あまり、関心がないんだがね。今のところ、オーレリア共和国は、政情が安定しているからいいけどね。これが政情不安定な国だったら、その国の、大統領と首相の二人が、国を留守にしていたら、大変なことになるね」

三上が、いう。

「こちらの、捜査のことについてですが、その後、上のほうからは、何もいってきていませんか？」

「今のところは、何もいってきていないが」

と、三上は、いった後、

「この際、一つだけ、君にいっておきたいことがある」

「何でしょうか？」

「君が金沢に行ったのは、あくまでも、東京の殺人事件の捜査のためだ。金沢にいるロハス大統領の監視のためじゃない。それを忘れては困るよ」

「よくわかっています」

「それで、事件解決のメドはついたのかね？」

「まだですが、こちらへ来て、確信を強めたことがあります」

「どんなことかね？　捜査と関係があるんだろうね？」

「東京で殺された例の男ですが、間違いなく、こちらの人間だという確信を持ちました」

「しかし、最初から、金沢の人間だと思っていたんじゃないのかね？」

「そうです。それで、こちらへ来て、聞き込みを続けたんですが、期待する答えは、全く、見つかりませんでした。が、ここへ来て、今、申し上げたように、被害者は金沢の人間だと、確信できました」

「まるで、私の言葉で、確信を深めたようないい方だが？」

「そうではありませんが、ここへ来て、さまざまな者が、金沢に向かっていると、考えられるのです。例えば、オーレリアのロドリゲス首相までもです」

「ロドリゲス首相には、金沢へ行く予定はないと思うがね」

「それでもいいのです。私は、ロハス大統領が、金沢にいるから、ロドリゲス首相も、来日したと思っています。そのロハス大統領は、十二年前の件で、今、金沢にいる。そう考えると、全ての矢印が、金沢を指している気がしますから、東京の被害者も、絶対に、金沢の人間だと、確信したわけです。他県の人間では、おかしいんです」

その日の、午後三時のニュースによると、急遽来日した、ロドリゲス首相は、日本の総理と、非常に友好的な雰囲気で、会談をしたということだった。

にこやかな表情で話し合う、ロドリゲス首相と、日本の総理の様子が紹介され、その席には、今回の事件のことで、十津川に会いに来た、特別補佐官の木村の顔もあった。

その後、日本の総理と、ロドリゲス首相は、二人揃《そろ》って記者会見をした。

記者団は、まずロドリゲス首相に、今回の急な来日の目的を、質問した。

ロドリゲス首相は、にこやかに笑いながら、答える。

「わがオーレリア共和国と日本の間に、新たな貿易協定が、締結されようとしています。皆さんの中では、石油協定と呼ばれているようですが、この新たな協定が、結ばれるのを機会に、私は、ぜひ日本に来て、ここにおられる日本の総理と、お会いしたい。そう思って、急遽、来日したわけです。皆さんも、どうか私のこの顔を覚えておいていただきたい」

「ロハス大統領が来日していますが、ロハス大統領とは、叔父甥《おい》の関係と、伺っているのですが、本当ですか？」

「ええ、本当です。ロハス大統領の父親と、私とは兄弟で、向こうが、二年前に亡くなってからは、私が、いわば父親代わりといったほうが、いいかも知れません」

「そのロハス大統領のことですが、噂では、十二年前、二十五歳で来日された時に、金沢で好きな日本女性ができた。今回は、その女性に、もう一度会いたいという思いで、来日し、現在、金沢に、おられるということですが、このロマンスは、本当でしょうか？」

若い女性記者が、聞いた。

ロドリゲス首相は、その質問に対して、イエスとも、ノーともいわず、その代わりのように、

「誰にも、若い時の、ロマンスの一つや二つは、あるんじゃありませんか？　私にも、もちろんありましたよ」

と、いった。

そのニュースを、見終わった後、十津川は、亀井や西本《にしもと》、日下《くさか》、三田村、北条早苗に向かって、

「私は、これから、加賀宝生流の家を訪ねてみたいと思っている。電話で、三上本部長とも話したのだが、われわれの、仕事の本質は、東京で殺された男の身許の確認、そして、

犯人の逮捕にある。何としてでも、被害者の身許を、明らかにしたいので、加賀宝生流の人たちに会ってくる」

「しかし、被害者は、加賀宝生流とは、何の関係もない。そういうことになったのでは、ありませんか？」

亀井が、きいた。

「確かに、そうだが、ここにきて、私は被害者は絶対に金沢の人間だという確信を持ったんだ」

三田村と北条早苗の二人には、引き続いて明日まで、金沢に留まっているロハス大統領の周辺を、調べることを指示しておいて、十津川は、亀井と二人で、加賀宝生流の家を、訪ねることにした。

十津川は、葛城《かつらぎ》という、加賀宝生流の事務所の事務長であり、同時に、能役者でもある男に会った。

十津川は、その葛城に、東京で殺された被害者の写真を見せた。

「この男性をご存じありませんかね？　東京で、殺されたのですが、加賀宝生流の花筐を、演じた後なのです」

葛城は、渋面を作って、

「東京のその事件のことは、よく、知っております。警視庁のほうから、加賀宝生流の事務所に、この写真が送られてきて、この人物を知らないかとの問い合わせがありました。しかし、私たちの知らない顔だし、加賀宝生流の人間でもないので、その旨、お答えしていますよ」

「しかし、この写真の男性は、加賀宝生流と思われる演舞のあと、殺されているんですよ。東京の宝生流の人間ではないんです。これは、調べています。やはり、こちらと、何らかの関係のある人間の筈なんですよ」

「違います」

「こうなると、われわれとしては、加賀宝生流の関係者全員にお会いして、話を聞くことになってきます」

「全員に?」

「そうです。全員にです。加賀宝生流の能役者の方だけでなく、何らかの関係がある人、全員に話をお聞きします」

「どうして、そこまで、拘《こだ》わるんですか?」

「それが、われわれの仕事ですから」

十津川は、相手を、まっすぐ見つめて、いった。

「本当に、そんなことを、やる気ですか？」

「ご迷惑をおかけするかも知れませんが、仕方がありません」

「弱りましたね」

「弱るのなら、本当のことを、話して下さい」

十津川は、脅《おど》かすように、いった。葛城は、しばらく、黙っていたが、

「分かりました。申し上げましょう。実は、あの写真の人は、小日向善三郎《こひなたぜんざぶろう》という名で、金沢の市内の、『えり善』という加賀友禅の問屋のご主人なんです。問屋と同時に、小売りもやっている会社の社長さんですが、また、加賀宝生流のパトロンでもあるのです。その社長が、突然、東京で、あんな死に方をしてしまったので、私どもとしてもビックリし、困ってしまって、どうしたらいいのか、分からなかったのですよ」

「小日向善三郎さんですか？」

「ええ、そうです」

「話を伺っていると、この金沢では、有力者の一人ということでしょう？　そんな人が、東京のビルの屋上で、死んだのに、よく今まで、隠しておきましたね」

感心したように、亀井が、いった。

葛城は、苦笑して、

「小日向さんのことを、知っている人は、みな、加賀友禅の、問屋の社長だし、加賀宝生流のパトロンでもある、その人が、まさか、東京のビルの屋上で、死んでいるなんて、誰も考えませんからね。それに、能衣装を着たまま、死んでいたでしょう？　ですから、新聞の写真を見ても、最初は、小日向善三郎さんだとは、気がつかない人が、多かったんですよ」

「それをいいことにして、今まで、隠していたわけですね」

「それが、残されたご家族の希望でしたから」

「加賀宝生流のパトロンだとすると、こういうことが考えられますね。二十五歳の学生の時、金沢に来たロハス大統領は、加賀友禅の、美しさが好きだったし、加賀宝生流にも、関心があったわけでしょう？　その時小日向さんは、当時、学生だったロハス大統領と、知り合いだったんじゃありませんか？」

「確かに、その頃、何回か会っていると思いますが、親しく、つき合っていたということはないはずですよ。当時のロハス大統領は、単なる学生ですし、小日向さんのほうは、当時から、加賀宝生流の有力なパトロンだったわけだし、加賀友禅の問屋の、社長さんでもありましたから」

「では、久保田絵理子さんとは、どうですか？　彼女は、加賀友禅の、職人の娘さんでしょう？　そして、金沢浅野川園遊会の花形でもあったわけじゃないですか？　美人で、お祭りの時に滝の白糸に扮して水芸を披露した。当時のロハス大統領が、その姿に惚れたと聞いていますよ。そうなると、当然、小日向さんは、久保田絵理子さんのことを、知っていたことになる」

「確かに、その通りですね。当時から、小日向さんは、今、刑事さんのいわれた、金沢浅野川園遊会の主催者でもありましたからね。そのお祭りの時、滝の白糸に扮して水芸を披露した久保田絵理子さんを、知っていたと思いますよ」

「それで、少しずつ、謎《なぞ》が解けてきましたよ」

十津川は、微笑した。

「何の謎が、解けたんですか？」

「東京で起きた殺人事件の、謎ですよ。葛城さんの話を聞いていて、私は、こんな、ストーリーを考えました。

十二年前、二十五歳の学生だったロハス大統領は、日本、特に金沢に興味を持って、一ヵ月を過ごした。彼は、加賀友禅の美しさにも、魅せられたし、加賀宝生流の芸にも、魅せられた。当然、加賀宝生流のパトロンであり、加賀友禅の問屋の社長でもあった、小日向さんとも知り合いになった。若いロハス大統領は、そういう町の有名人よりも、美しい、久保田絵理子が好きになり、その挙げ句、彼女の家、つまり、加賀友禅の職人の家に、一ヵ月間、ステイした。当然、若い二人の間には、恋愛感情が生まれた、しかし、一ヵ月経って、ロハス大統領は、帰国してしまった。

それから、十二年間、ロハス大統領は、金沢にいた久保田絵理子さんに、全く連絡をしてこなかった。関係を絶ったということになりますね。その間、久保田絵理子さんには、いろいろと、辛い毎日があった。両親は交通事故で亡くなり、家は、借金で失ってしまった。その上、久保田絵理子さんは、失踪してしまった。そのことに、小日向さんは、腹を立てていたんじゃないでしょうかね？　ロハス大統領の冷たさに、対してですよ。

そのロハス大統領が、今回、日本にやって来た。金沢に三日間、滞在するといった。そのことを、久保田絵理子さんを探すためだと、皆さん、解釈した。当然、小日向さんも、そう解釈した。小日向さんには、十二年も放っておいて、今さら何だという、腹だたしさがあったと思うんですよ。そこで、小日向さんは、いかにも、加賀宝生流のパトロンらしい方法で、ロハス大統領に、訴えようと思った。

来日したロハス大統領は、最初の日を、東京のニュー東京ホテルで過ごした。彼が泊まる部屋が分かって、小日向さんは、ホテルのロハス大統領の部屋からよく見える、ビルの屋上に舞台を作り、花筐という能を、演じたんですよ。若い女性が、男に捨てられるが、最後には、結ばれるというストーリーの演目だから、それを見せれば、ロハス大統領も、反省するだろう。そう思って、小日向さんは、一人で、舞台を作り、演じたんです。ところが、それを、快く思っていない人間がいて、小日向さんは、殺されてしまった。これが今、私の考えたストーリーですけどね。葛城さんは、どう思われますか？」

葛城は、すぐには、返事をしなかった。難しい顔で、考え込んでいる。

今度は、亀井が、葛城に、

「葛城さんは、誰が、どういう理由で、小日向善三郎さんを、殺したと考えておられるんですか？」

「私も、誰が何のために、東京で、小日向さんを殺したのか？　小日向さんが、どうして、あんなことを、やったのか？　ずっと、考えていましたよ。小日向さんが、東京のビルの屋上で、わざわざ加賀宝生流の花筐を演じた理由は、大体想像がつきました。今、十津川さんが、いったように、彼は、ロハス大統領に、腹を立てていたと思いますよ。

小日向さんは、久保田絵理子さんのことが、好きでしたね。もちろん、男と女という感情ではなくて、加賀友禅の、商《あきな》いをしている社長として、絵理子さんを、温かく見守っていたんです。小日向さんという人は、そういう人だから、当然、十二年前、絵理子さんとロハス大統領との関係を、心配していたに違いないんです。だんだんと、絵理子さんがロハス大統領に、惹《ひ》かれていった。その頃には、絵理子さんの両親も、小日向さんも、二人が結婚するのもいいだろう。そんなふうに、思い始めていたと思うのです。それらしいことを、絵理子さんの両親や、小日向さんが、口にしているのを聞いたことも、ありますから。

ところが、なぜかロハス大統領は、突然、母国に帰ってしまい、それ以後十二年間、何の、音沙汰もなかった。その間に、十津川さんもいわれたように、絵理子さんの両親は、交通事故で亡くなり、家は抵当に取られ、それを、苦にしたのか、絵理子さん自身も、急に姿を消してしまいました。こうなったのも、みんな、あのロハス大統領のせいだと、小日向さんは、考えていたんじゃないかと、思います。

十二年後ロハス大統領が、突然、日本に戻ってきた。そんなロハス大統領に向かって、小日向さんは、せめて、一言でも、いってやりたいと思ったんだと、思うのです。しかし、小日向さんは、政治家ではないし、教育者でもない。加賀宝生流の、パトロンであり、同時に、加賀友禅の、問屋の社長さんでもあります。その立場から、来日したロハス大統領に、一言いってやりたい。そう思って、あんなことを、したんだと思うのですよ。

そこまでは、分かるのですが、小日向さんを、誰が、どうして、何のために、殺したのか？　そこが、どうにも理解できなくて、困っています。小日向さんの家族も、分からないからこそ、沈黙を守っているのですよ。十津川さんは、犯人に対して、どう思われるのですか？」

葛城が、逆に、十津川に、きいた。

「そうですね。犯人が、どこの、誰かということまでは、私にも、分かりません。何しろ、被害者の身許が分かったのが、たった、今ですからね。ただ、犯人が、小日向さんを殺した理由は、何となく、分かるような気がします」

「それを、教えてくれませんか？」

「十二年前、この金沢で、二十五歳のロハス大統領は、一ヵ月を過ごしました。その時、もちろん、彼は、大統領などではなく、単なる大学生に過ぎませんでした。オーレリア共和国は、当時は、産油国ではなくて、貧しい農業国だった。

ですから、二十五歳のロハス大統領に対して、当時の日本政府は、何の関心も持たなかったし、ほかの人間、例えば、金沢の市民も、それほど、強い関心を持たなかったと思うのです。もっと露骨にいえば、今、産油国の、大統領になったロハスさんに対して、日本の政府は、大事にするし、彼を利用したいと、考えている日本人も多いと思うのです。十二年前は、逆で、彼を利用したいと、思うような日本人はいなかった。

だから、十二年前、ロハス大統領が、日本を後にして、国に帰っても、多くの日本人は、別に何も考えなかった。現在は違いますよ。何しろ、彼の母国オーレリア共和国は、世界有数の産油国に、なってしまったし、ロハスさんは、その国の、大統領なんですからね。日本政府は、ロハス大統領が、来日すれば大歓迎するし、個人的に、ロハス大統領の、歓心を買って、石油絡みで、一儲《ひともう》けしようと考える人が、たくさんいると思うのです。おそらく、その中の一人が、小日向さんを殺した犯人なんじゃないのかと、考えています」

葛城さんには、小日向善三郎さんの、行動が、よく分かると思いますが、十二年前のことについて何も知らず、ひたすら、石油の利権に有りつこうとする人には、ロハス大統領を、困らせる小日向さんは、まさに、自分たちの、敵のように見えたのでは、ありませんかね？　もし、ロハス大統領が怒って、日本に、腹を立てて帰ったりでもしたら、せっかく、石油利権に、有りつこうとしている人たちは、何もできなく、なりますからね」

「じゃあ、犯人は、この金沢の、人間じゃありませんね」

葛城が、少し表情を明るくした。

「どうして、そうだと、断定できるのですか？」

亀井が、意地悪く、きく。

「金沢の人間で、ロハス大統領に、近づいて、石油の利権に、有りつこうなんて考えている人はいませんよ。たいていの人は、十二年前の学生の頃のロハス大統領を、知っているし、久保田絵理子さんとのロマンスも、知っていますからね。そういうロマンスを大事にしたい。そう思っても、商売に、利用しようなんてことは、考えませんよ」

と、葛城が、いった。

2

十津川は、東京の三上刑事部長に、電話をかけ、東京で殺された男の身許が、割れたと、報告した。

「加賀宝生流のパトロンであり、同時に、加賀友禅の、問屋の社長でもある、小日向善三郎という男が、被害者であることが、分かりました」

「それは、よかった」

「この小日向善三郎ですが、今も申し上げたように、加賀宝生流の、パトロンであり、同時に、加賀友禅の、問屋の社長ですから、十二年前、若いロハス大統領と、ロマンスの噂のあった久保田絵理子のことも、知っています」

「その被害者は、ロハス大統領に、腹を立てていた。そうなんだな？」

「ええ、そうだと、思います。彼の目から見れば、愛し合う二人だと思っていたのに、突然、男のほうが、日本から離れ、以後十二年間も、何の連絡もなかったんですからね。その間に、久保田絵理子の両親は、亡くなり、借金で、家を取られて、彼女自身も絶望したのか、金沢から突然、姿を消してしまいました。

そんなことが全部、小日向善三郎には、ロハス大統領の、冷たさのせいとしか、思えなかったのではないでしょうか？　普通の手段ではなく、彼が見えるところで、加賀宝生流の、能を演じたんですよ。演目は、若い娘が、男とつき合うようになったが、男が冷たくなって、女は絶望してしまった。そういう、ストーリーの能ですからね。それを見せて、ロハス大統領に、反省して欲しかったんじゃないでしょうか？」

「すると、犯人は、何処《どこ》の人間だと、思うんだ？」

「そうですね。東京の人間七十パーセント、金沢の人間三十パーセント、そのぐらいだと思っています」

「それなら、君たちは、すぐに、帰ってきたまえ。東京に戻って、容疑者を見つけて、逮捕するんだ。被害者の身許が分かったんだから、犯人だって、すぐに、見つかるんじゃないかね？」

「しかし、部長、今も申し上げたように、犯人が、東京の人間である確率は、七十パーセントぐらいだと、見ているんです。残りの三十パーセントは、金沢の人間の、可能性も、あるわけですから、今の時点で、金沢を引き上げて、東京に帰ってしまうと、犯人の発見、逮捕は、難しくなってしまうかも、知れません」

「それは、ダメだ」

三上が、急にきつい調子になった。

「どうして、ダメなんですか？　別に、全員が、東京に帰らなくても、いいのじゃありませんか？　何人かが金沢に残って、こちらでも容疑者を探す。今もいったように、金沢の人間である可能性だって、三十パーセントは、あるんですから」

「いや。全員すぐ、東京に帰ってくるんだ」

「どうしても、ダメですか？」

「どうしても何も、ダメだから、ダメだといっているんだよ」

三上が、変ないい方をした。

そのいい方に、十津川は、カチンと、来るものを感じて、

「これは、部長の意見ではなくて、上からの指示なんじゃありませんか？」

「そんなことに、私が、答えられるかね？　とにかく、被害者の身許は、確認できたし、犯人が、東京の人間である可能性が、七十パーセントあるんだろう？　それなら、まず東京で捜査を再開して、一刻も早く、容疑者を、逮捕したまえ」

三上は、そういって、電話を切ってしまった。

3

十津川はすぐ、亀井、西本、日下、三田村、そして、北条早苗に、三上部長の言葉を、そのまま伝えた。

「それは、三上部長の意見じゃありませんよ」

苦笑しながら、西本が、いった。

「分かるかね？」

「分かりますよ。どう考えたって、上からの指示じゃないですか」

「もし、上からの、指示ということになれば、オーレリア共和国の、ロドリゲス首相が来日したことが、関係しているんじゃありませんか？」

と、いったのは、日下刑事だった。

「警部は、これから、どうする、おつもりですか？　このまま、三上部長の命令に、従うつもりじゃないでしょうね？」

日下刑事が、睨《にら》むように、十津川を見つめた。

「しかしね、これは、上司の命令なんだ」

「われわれに、東京に帰れという命令が、出ている。となると、警察庁警備局外事課の連中は、どうなるんですかね？　彼らも、東京に戻るんでしょうか？」

日下が、きくと、亀井が、

「さっき、調べてみたが、向こうさんは、戻る意思は、全くなさそうだ」

と、いった。

「もし、カメさんのいうことが、本当なら、少しばかりおかしいな」

十津川が、いった。

「おかしいですよ」

西本が、肯く。

「警視庁捜査一課の、われわれも、警察庁の連中も、犯人逮捕が、目的でしょう？　目的が同じ筈なんです。それなのに、われわれにだけは、東京に、帰れという指示があって、警察庁のほうには、全く指示がない。これからも、ずっと金沢に残って、何かを、捜査している。明らかに、おかしいですよ」

と、西本が、いった。

「ひょっとすると、警察庁とわれわれとでは、全く違う指示が、与えられているのかも知れないな。だから、われわれにだけ、帰京命令が出た。そんなところじゃないかな」

十津川が、いった。

「じゃあ、警察庁の外事課の、連中は、犯罪の捜査ではなくて、金沢にいる、ロハス大統領の警護を、命ぜられているんですかね？　しかし、警護だったら、ＳＰが、配置されていますよ。どう、違うんですか？」

西本が、また睨むように、十津川を見た。よほど、腹を立てているらしい。

「こっちは、刑事警察だから、犯人を逮捕するためだけに動いている。しかし、向こうさんは、政治的に動いている」

「それならば、公安調査庁が動くんじゃありませんか？」

「これから、どうされますか？　まさか、今日中に、東京に帰るなんてことは、しないでしょうね？」

期待を込めた声で、亀井が、いった。

十津川は、笑って、

「帰京は明日だ。しかし、この中の一人か二人は、病気で、移動ができない。そういって、この金沢に残ることにする。今日、これからの仕事だが、まず、警察庁外事課の連中が、何をしているのか、それを、知りたいね。もう一つは、明後日帰国することに、なっているロハス大統領の動きも、知りたい」

「そのロハス大統領ですが、今、ロドリゲス首相も、来ているでしょう。二人は、どうするんですかね？　ロハス大統領は、金沢にもう一日、滞在するだけですから、ロハス大統領のほうから、東京にいる、ロドリゲス首相に、会いに行くんでしょうか？」

「とにかく、捜査だ」

と、十津川が、大声でいい、刑事たちは一斉に、金沢の町に散っていった。

4

十津川は、亀井を連れて、もう一度、加賀宝生流の葛城に、会いに行った。

葛城は、十津川の顔を見ると、またかという表情になって、

「今度は、何ですか？　もう、話すべきことは、全部話しましたよ。東京で死んだ、小日向さんのこともね」

「さっき、お聞きするのを、忘れてしまっていたことを、思い出しましてね」

遠慮がちに、十津川が、いった。

「じゃあ、それを、お聞きになってください。私が、答えられることであれば、お話しし

ますが、終わったら、お帰りになってください」

葛城が、冷たくいった。

(面倒くさいと、思っているんじゃないか？)

と、十津川は、思ったが、何となく、それだけではないような、気がした。

葛城の顔を見ていると、一刻も早く、十津川との話を、切り上げてしまって、どこかに、行きたい。そんな感じを、受けたのである。

「今、ロハス大統領が、十二年ぶりに、金沢を訪れていますね。三日間の予定を、二日延ばして五日間、明日は、その五日間も、終わるので、今のままなら、オーレリアに、帰国しますが、ロハス大統領は、あなたに会いに、ここに来たんじゃありませんか？」

「どうして、十津川さんは、ロハス大統領が、ここに来たと、思われるんですか？」

「それは、あなたが、加賀宝生流の優《すぐ》れた能役者で、十二年前に、若いロハス大統領が来た時も、会っている。そうなれば当然、今回も、ロハス大統領が、あなたに、会いに来たと考えるのが、自然じゃありませんか？」

「それほど、私は、重要視されていませんよ」

葛城が、謙虚のような、あるいは、何も、いいたくないと、いうことなのか、どちらか、分からないが、つっけんどんないい方をした。

「確認したい。今回も、ロハス大統領は、あなたを訪ねてここに来た。そうなんですね？」

「困ったな」

「実は、私たちは上司から、東京に帰るようにと、いわれているんです。私としては、金沢に、捜査のヒントがあると、そう思っているんですが、宮仕えですからね。最後には、上司の指示に、従うことにしているので、今のうちに、答えていただきたいのですよ。東京に戻ってから、電話でお聞きするのは、失礼ですから」

「今回も、ロハス大統領が、ここに来たかどうかといえば、確かに、来ましたよ。ただ、ゆっくりと話は、しませんでした。向こうも忙しいようでしたし、私は私で、いろいろと、忙しいものですから」

「今回、ロハス大統領は、いつ、訪ねてきたのですか？」

「二日目か三日目だったと、思いますけどね。何時頃だったかは、覚えていません」

「その時、ロハス大統領は、あなたに、東京で、加賀宝生流の演舞をした男が、殺されてしまった、そのことを、話したんじゃありませんか？」

「いえ、そういうことは、全く話していません」

「おかしいな」

「何がおかしいんですか？」

「東京の、ニュー東京ホテルの、スイートルームに、ロハス大統領が、泊まったことは、はっきりしているんです。そして、その日の夜、ホテルの近くの、ビルの屋上で、加賀宝生流の能が演じられました。男が、能衣装を着て、演じたんです。そのことを、ロハス大統領自身が、しゃべっているんですよ。そのことに、関心を持たれた筈です。そんなロハス大統領が、ここを訪ねてくれれば、あなたに、事件のことを、話さないはずはないんですよ。何も触れなかったとすれば、いかにも、不自然だと、思いますね」

「分かりました。確かに、ロハス大統領は、ここに来て、東京の事件のことを、私に話しましたよ」

「どんなふうに、大統領は話されたのですか？」

亀井が、きいた。

「笑いながら、話したんです。来日してすぐ、ニュー東京ホテルに泊まった。夜になって、窓の外を見ていたら、近くの高層ビルの屋上が明るい。何だろうと、思ってみていたら、そこで、篝火を焚いて、男の能役者が、加賀宝生流の能を、演じていた。これは面白いなと思って、最後まで、見てしまった。ロハス大統領は、そう、話されたのです」

「あなたに、意見を、求めたのでは、ありませんか？」

「こういわれましたよ。こんな事件があったけど、加賀宝生流の、幹部のあなたは、どう思うかと、聞かれました」

「それで、あなたは、どう、答えられたんですか？」

「私にも分からない。そう、答えました。そう答えるよりほかに、返事のしようがないじゃありませんか？」

葛城が、乱暴な口調になっている。

十津川たちは、いったん、外に出たが、出たところで、

「あの男、明らかに、ウソをついていますね」

と、亀井が、いった。

「カメさんにも、分かるか？」

「そりゃ、分かりますよ」

「あの葛城という男が、どんな、ウソをついていると、カメさんは思うんだ？」

「前に来た時、彼は、東京で殺された被害者のことを、知っているといい、その名前を教えてくれました。被害者、小日向善三郎が、どうして、東京に行って、あんな、加賀宝生流の能を、ビルの屋上で演じてみせたのか、その理由も想像がつくといって、話してくれましたね？

明らかに、彼は、殺された小日向善三郎に、同情しているんです。そして、ロハス大統領に、腹を立てていた。そんな彼のところに、ロハス大統領が訪ねてきて、東京の事件のことを、話した。それなのに、彼が、何も、知りませんと、ロハス大統領にいったとは、思えないのです」

「そうすると、カメさんは、彼が、本当のことをしゃべった。殺された小日向善三郎のことを、自分が、どう考えているかも、全部、ロハス大統領に、話したと思っているんだね？」

「はい。そう、思っています」

「カメさんの、いう通りなら、ロハス大統領は、葛城の話を、どんなふうに、受け止めたんだろう？」

「そこが、難しいところですね。実は、今いちばん分からないのが、ロハス大統領の、今の気持ちですよ」

「しかし、想像は、できるんじゃないのか？　十二年ぶりに、来日して、わざわざ金沢を訪ねていって、最初は、三日間だけ、滞在する予定を二日も、延ばしたんだからね。そのことだけを見ても、彼が、金沢を、懐かしがっているということだけは、想像できると思うのだが、違うかね？」

「どんなふうに、十二年前の金沢を、懐かしがっているかが、問題だと、思うのです。十二年前に、愛し合った久保田絵理子に、何としてでも会いたくて、来たのか、それとも、十二年間、放っておいたことを、詫《わ》びたくて来たのか、あるいは、全く、別の理由で、来たのか、その辺が、はっきりしないと、今回の事件に、どう、対処していいのか、分からなくなりますね」

「ロハス大統領が、久保田絵理子を、探していることは、間違いないだろう」

「それ、本当ですかね？」

「彼と一緒に、サトウという日本人の秘書が、来ているだろう。ある新聞記者が、そのサトウに聞いたところ、ロハス大統領から指示を受けて、金沢入りしてから、ずっと、久保田絵理子の行方を、探している。そう答えたそうだ」

「そうなると、ロハス大統領は、十二年ぶりに日本に来て、何とかして、十二年前の恋人、久保田絵理子に、会いたいと思っている。だから、秘書のサトウに探させた。三日間の予定を組んでいたが、それでは、見つからないので、二日間延ばした。そう考えると、本当に、ロハス大統領は、久保田絵理子のことを、探しているし、会いたがっている。そういうことになってきますね。それを聞くと、少しばかり救われたような、気持ちになってきますが」

「それで、久保田絵理子が、見つかったら、ロハス大統領は、どうするつもりなんだろう？」

十津川が、自問するように、いった。

「われわれに、ロハス大統領が、会ってくれるのなら、会って、直接話を、聞きたいですね。十二年間の音信不通を、どう、考えているのか？　本当に今、行方不明の久保田絵理子に会いたいと、思っているのか？　会って、どうするつもりなのか？　それを、聞きたいですよ」

亀井が、少しばかり怒ったような口調で、いった。

5

十津川と亀井の二人が、宿泊している金沢市内のホテルに戻ってくると、驚いたことに、本多捜査一課長が、ロビーで、二人の帰りを待っていた。

疲れた顔をしているのは、急遽、東京から、やって来たからだろう。

「今度は、本多課長が、直接、いらっしゃったんですか？」

十津川は、苦笑しながら、本多の前に、座った。

「とにかく、三上部長がとても、心配していてね。十津川のことだから、一応、指示通りに東京に、帰るといっていても、一人か二人、金沢に残しておいて、捜査を、続けさせるんじゃないかと、それを、心配しておられるんだ。だから、私が説得に来た」

亀井が、三人分のコーヒーを、注文してから、十津川の隣に、腰を下ろした。

「私も組織の一員ですから、もちろん、命令には、従います」

と、十津川は、いった。

「ただ、私は、金沢での捜査を中止して、東京へ戻れという、その理由を、知りたいのです。それだけです」

「命令に、理由なんかはない。上のほうから、警視庁は、すぐ、金沢から帰京せよという、指示があったので、それを君に伝えるだけだ」

「しかし、同じく、この金沢に、来ている警察庁外事課の連中は、帰る気配を、全く見せていませんよ」

亀井が、不満そうに、いった。

「向こうは向こうで、別の指示を受けているんだ」

「どんな、指示ですか？」

「私には、それは、分からない」

「命令には、従いますが、一つだけ、要望を、いってもいいですか？」

「一応、いってみたまえ。私に、応えられるかどうかは、分からないが」

「今度の、一連の事件ですが、今までとは、違って、全体像がつかめなくて、困っているんです。われわれ現場の人間は、殺人事件があったから、その犯人を、捕まえたい。その一心で、捜査を、続けていますがね。何か上のほうで、モヤモヤしたものがあると、捜査の士気が、下がってしまうんですよ。ですから、全体像を教えて、もらえませんか。教えていただけないのなら、われわれの頭の上に、重くのしかかっている、モヤモヤを、取り除いてくださいませんかね？」

と、十津川が、いった。

本多は、苦笑して、

「残念ながら、それは、無理だ」

と、素っ気なく、いった。

何となく、重苦しい空気に、なったところに、西本たちが、帰ってきた。その西本たちに向かっても、本多は、

「十津川君にも、いったが、金沢での捜査は、今日一日で、終わりだ」

クギを刺すように、いった。

「ところで、君たちは、何を、捜査していたんだ？」

間を置いて、本多が、聞いた。

「正直にいって、構いませんか？」

西本が、十津川を見た。

十津川は、黙って、うなずく。

「今日、捜査していたのは、警察庁外事課の動きと、金沢に、明日までいるロハス大統領の動き、サトウという日本人の、秘書の動きを、調べていたんです」

「それで、何か、分かったのかね？」

「ボンヤリとですが、想像がついたのは、警察庁外事課の連中が、われわれとは、違って、この金沢から、しばらくは帰らないということと、ロハス大統領の指示を受けて、サトウという日本人の秘書が、十二年前に、ロハス大統領と関係のあった、久保田絵理子という女性を、探しているということ。その二つです」

西本が、本多に向かって、答えた。

「ほかにも、分かったことがあるのかね？」

本多が、聞くと、今度は、日下が、

「そうですね。もう一つだけ、分かったことがあります。来日中の、ロドリゲス首相が、東京から、この金沢に来て、ロハス大統領と会います」

「それは、確証のある情報なのか？」

驚いた顔で、本多が、きいた。

「いえ、確証は、ありません。私たちが、いろいろと訊《たず》ねて回ったところ、耳に入ったニュースです」

と、日下が、いう。

「この情報は、本多課長にとって、驚くべきニュースなんですか？」

十津川が、聞いた。

「ロドリゲス首相が、急遽来日したのは、たぶん、今、金沢にいる、ロハス大統領と会うためだろうとは、思っていたんだが、ロドリゲス首相のほうから、金沢に、会いに行くということは、誰も考えていなかった。当然、ロハス大統領のほうが、東京に来て会い、二人で、帰国する。そう考えていたからね。本当に、ロドリゲス首相が、この金沢に、来るのか？」

「私は、間違いなく来ると思っています」

と、日下が、いった。

「何のために、ロドリゲス首相が、ロハス大統領に会いに金沢に来るのかね？」

本多は、逆に、西本たちに、きいた。

「正直にいって、それは、分かりません。しかし、何か、緊急な用件があって、ロドリゲス首相のほうが、ロハス大統領に会いに来る。それだけは、間違いないと思っています」

「緊急の用件か。その内容は？」

「今も、いったように、分かりません。しかし、その用件は、この金沢と、何か、関係のあることだとは、考えています」

西本が、いった。

「どうして、この金沢に、関係のある用件だと思うのかね？」

続けて、本多が、きく。

「もし、金沢に、関係のある用件でなければ、ロハス大統領が、明日になれば、金沢を離れるわけですから、東京に行って、ロドリゲス首相に、会ってもいいわけです。その前に、金沢で会うというのは、この金沢に、関係のある、用件だからですよ」

西本が、いった。

第五章　石油《オイル》

1

最後の日になった。

十津川にとっては、上司から、今日中に東京に、引き上げてこいと命令されている、その最後の日である。

また、オーレリア共和国の、ロハス大統領にとっても、最初、金沢に三日間、逗留するといい、それを急に、二日間延ばした、その五日目の、最後の日である。

ロハス大統領のことだから、また、日にちを延ばすかも知れないが、しかし、一応は最後の日になったのだ。

同じオーレリア共和国の、ロドリゲス首相は、わざわざ金沢まで来て、ロハス大統領に会い、その日のうちに、帰国した。

ロドリゲス首相が、金沢でロハス大統領に会って、何を話したのかは、新聞には、発表されなかった。

十津川は、泊まっているホテルのロビーに、刑事たちを、集めた。

「西本刑事、日下刑事、三田村刑事、北条刑事の四人は、午前中に、帰京すること。納得できないかも知れないが、それは三上刑事部長の命令だから、仕方がない。我慢してくれ。私と亀井刑事も、上司の命令には逆らえないから、今日中には帰京することにしているが、できるだけ、粘ってみるつもりだ」

「しかし、警察庁外事課の連中は、帰京する様子が、全くありませんが」

亀井が、腹だたしげに、いった。

「あの連中が、帰京しないということは、おそらく、私たちとは違った命令を、上から、受けているからに違いない。私は、そう思っている」

「どんな命令でしょうか？」

「それを、昨日の夜から、ずっと考えていたんだよ。そして、私は、一つの結論に、たどり着いたんだ。それをこれから、君たちに話したい」

「警部は、どんな結論に達したのですか？」

亀井が、いい、ほかの刑事たちも、十津川の顔を、じっと見守った。

「ロハス大統領は、三日間の予定で、金沢を訪れ、そして、それをさらに二日間、延ばした。また、同じオーレリア共和国のロドリゲス首相が、来日し、わざわざ金沢まで来て、ロハス大統領に会い、すぐ帰国した。警察庁外事課の七人が金沢に来て、浅野川沿いにある、元加賀友禅の職人の家を、借りて、そこに滞在している。どの人間の目的もただ一つ、石油《オイル》だ。私には、それしか考えられない」

十津川は、きっぱりと、石油という言葉を、口にしたのだが、それをきいた亀井たち刑事の顔には、戸惑いの色が浮かんだ。

その戸惑いを代表する形で、亀井が、

「確かに、オーレリア共和国は、二年前に国内から、石油が見つかり、しかも、大変な埋蔵量であることが分かって、今や、石油の大きな輸出国になって、日本やアメリカと取り引きをしています。しかし、ロハス大統領が金沢に来たのは、十二年前、まだ学生だった頃に、日本に来た時、愛し合った女性、名前は、久保田絵理子というのですが、今回は、その彼女に、会いに来たのではありませんか？　その彼女が見つからないので、ロハス大統領は、金沢滞在を、二日延長した。また、警察庁外事課の七人が、金沢に来たのも、久保田絵理子を、探すためだったと、私は見ています。だからこそ、昔、久保田絵理子の父が、加賀友禅を制作していた家を借りて、そこに、滞在しているのだと思うのです。そこにいれば、もしかすると、久保田絵理子の消息がつかめるかも知れないと、そう考えているに違いないと、思っています。そうすると、どちらも、石油には、直接関係していないと思うのですが」

「私も、昨日までは、今、カメさんがいったことと、同じことを考えていたよ。ロハス大統領が、金沢にやって来たのも、昔の恋人である、久保田絵理子を探すためなのではないかとね。しかし、そう考えてしまったから、本当の形が、見えなくなっていたんだよ」

「しかし、普通に考えれば、ロハス大統領は、若い頃の思い出のある、この金沢に、昔の恋人を探しに来たとしか、思えないんじゃありませんか？」

「そうなんだよ。だから、事件の正確な姿が見えなかった。同じように、間違えた人もいた」

「それは、誰ですか？」

「東京で、来日したロハス大統領が、泊まったホテルのそばの、ビルの屋上で、加賀宝生流の能を舞って、殺された男だ。彼は明らかに、ロハス大統領が、来日したのは、十二年前の恋人、久保田絵理子に会うためだと、そう思い込んでいた。だから、十二年もの間、冷たくしていた、ロハス大統領に、反省を求めようとして、皇子に捨てられる女性を主人公にした能を、舞ってみせたのだ」

「じゃあ、あの男を、殺した犯人も、同じように、事態を、間違ってみていたということになるのですか？」

「いや、そこが、まだ分からない。犯人は、事態を正確に見ていたから、加賀宝生流の男を殺したのかも知れないしね。その点は、これからだんだん分かってくるだろうと、思っている」

「しかし、分かりませんね」

と、三田村が、いった。

「確かに、現在のオーレリア共和国は、石油大国になっていて、日本も、石油の輸入について話し合っています。日本だけではなく、世界中の、石油輸入国が、オーレリア共和国の、御機嫌を取っています。そんなふうに、見えますが、金沢は、石油とは何の関係もありませんし、ロハス大統領や、ロドリゲス首相が、まさか金沢市に、あるいは、石川県に石油を売り込みに来たというわけではないでしょう？　明らかに、石油は、国と国との交渉ですから」

「もう一つ、疑問があります」

と、いったのは、北条早苗だった。

「もし、石油が、問題なら、それは、経産省の問題ですよ。外交折衝なら、外務省の問題でもありますけど、少なくとも警視庁や警察庁の、問題ではないと思うのです。それなのに、なぜ、警察庁の、外事課の人間が、この金沢にやって来て、それも、なぜ、すぐに引き上げないのでしょうか？　私には、それがよく分かりません」

十津川は、微笑して、

「君たちの疑問も、もっともだ。確かに、私は石油の問題だといった。しかし、警察庁外事課の連中が、ここに来たのは、明らかに、現在、行方不明になっている、久保田絵理子を探すためだと思っている。そして、その向こうには、間違いなく、石油問題が、絡んでいるんだ」

「よく分かりませんが、確かに、石油は、現在の世界を、動かしています。しかし、問題の根源が石油にあるとすれば、どうして、そうなるのか、教えてもらえませんか？　まさか、何者かが、ロハス大統領を、人質に取って、オーレリア共和国に、石油を寄越せと、脅迫しているんじゃないでしょうね？　もし、そんな計画があるのなら、それは、われわれが、東京に、戻るどころではないんじゃありませんか？」

と、三田村が、きく。

十津川は、また、微笑して、

「ロハス大統領の誘拐計画など、今のところ、全く浮かんでいないよ。それに、ロハス大統領には、二十四時間、ＳＰが、ついているし、柔道家のサトウという日本人の秘書も、ついている」

「そうなると、警部のいわれることが、ますますわからなくなります。どういうことなのか、教えてもらえませんか？」

亀井が、いった。

2

「これから、君たちに話すことは、あくまでも、私の勝手な想像なんだ。何か確固たる証拠が、あるわけではない。しかし、この想像は、十中、八、九、当たっているだろうと、思っている」

そう断ってから、十津川は、自分の考えを、刑事たちに、説明した。

「二年前までの、オーレリア共和国は、典型的な農業国家だった。人口九百二十万人、面積百十万平方キロメートル、輸出品の多くが、トウモロコシや、あるいは、コーヒー豆といった農作物だった。十二年前、当時大学生だった、ロハス大統領が来日し、一ヵ月間、金沢に滞在した。その時は、今のような石油大国ではなくて、貧しい農業国家だったから、それほど大切にはされなかった筈だ。しかし、当時のロハス大統領は、今も、そうだが、大地主の息子だからね。土地だけは持っていたと思うんだよ。一ヵ月が経ち、ロハス大統領が、金沢を離れる時、大学生のロハスは、恋人の久保田絵理子に向かって、一緒にオーレリア共和国に、来ないかと誘ったが、彼女は、それを断ったといわれている。そこで、ロハス大統領は、何か贈り物をして、日本を後にしたのではないだろうか？　何回も繰り返すが、当時の、オーレリア共和国は、貧しい農業国家だった。そこの、大地主の息子が、大学生の、ロハス大統領だった。彼が日本を離れる時、恋人の久保田絵理子に、何かプレゼントをして、帰ったのではないかと、私は見ているんだ。そうでなければ、おかしいからね。だとすれば、いったい、何を、彼は贈って、帰ったのだろう？　昨日の夜、私はずっと、そのことを、考えていたんだよ。そして、一つの結論に、到達した」

「土地じゃありませんか？」

と、早苗が、いった。

「どうして、そう思うんだ？」

「当時のオーレリア共和国は、貧しい農業国家だった、わけでしょう？　だから、その頃、大学生だった、ロハス大統領も、今のような大金持ちというわけではありません。ただ、たくさん持っていたのは、何といっても地主の息子ですから、土地だったと思うのですよ。それで、土地を、久保田絵理子に、贈っただろうと考えたんですが……」

「私も、昨日、君と同じことを考えた。十二年前、大学生のロハス大統領は、恋人の久保田絵理子に、何かプレゼントして日本を去った。それは、土地だと、私は思った。貧しい農業国のオーレリア共和国の中で、彼が、唯一持っていたものとすれば、大地主の父親から、譲られた土地しかないからね。当時ならば、例えば一ヘクタールだって、大した金額ではなかったんだと思う。ただ、その贈り方だがね。私は、こう考えたんだよ。大学生のロハス大統領は、恋人の、久保田絵理子を、驚かそうと思って、例えば、十ヘクタールの土地の権利書を、加賀信用金庫の貸金庫に入れておいて、カギと印鑑を、久保田絵理子に残して、日本を去った。彼女を、ビックリさせようと思ってね。ところが、二年前に、アメリカの石油会社が、試みにオーレリア共和国の国内を、掘ってみたところ、膨大《ぼうだい》な量の石油が、埋蔵されていることが分かった。イランやイラクに次ぐ、量だと分かった。そして今や、オーレリア共和国は、石油大国だ。そうなると、問題となってくるのは、十二年前に、若いロハス大統領が、久保田絵理子に、贈った土地の権利ということになってくる。当時ならば、例えば、贈ったのが、仮に十ヘクタールだったとしても、その値段は大したことはなかっただろうが、石油が発見された今となっては、その価値は、大変なものになってくる。その十ヘクタールの土地は、いわば、石油の上に浮かんでいるんだからね」

「オーレリア共和国が、国の意思で、その土地を押収してしまえば、いいんじゃありませんか？　よく、そんなことをする国がありますから」

と、亀井が、いった。

「確かに、強権を発動して、その土地を接収することだって考えられる。しかしだね、石油大国になった、オーレリア共和国は、国際社会でも、高い地位を占めたいと考えたんだね。それで、まず、アメリカやイギリスなどに向かって、民主主義を奉じ、国際条約は必ず守ると、約束してしまった。これはもちろん、世界中から、好感を持って迎えられたが、しかし、その国際条約を守るという約束を、例の土地の権利についても、守らざるを得なくなってしまったのだと、私は考える。つまり、今や、石油の上に浮かぶ、例えば十ヘクタールの土地は、今でも、久保田絵理子のものなんだ」

「それで、オーレリア共和国の大統領になったロハスが、慌てて、日本に来たというわけですね？」

「ああ、そうだと、私は思っている。彼は、何とかして、久保田絵理子を見つけ出して、その膨大な土地の権利を買い取ろうと、考えているんじゃないだろうか？　もちろん、かなりの金額を、払うつもりだろうが、若気《わかげ》の至りで、日本人女性に、贈ってしまった土地の権利は、今や、莫大《ばくだい》な石油資源の上に、浮かんでいるわけだからね。なぜ、そんな大事なものを、日本人の女性に、譲ってしまったんだと、国民から、批判されるかも知れない。そうなれば、大統領の地位だって危うくなる。それで、慌てて日本に飛んできたんだよ。ところが、肝心の久保田絵理子は、行方不明になってしまっている。おそらく、ロハス大統領は、金沢に来るや否や、自分が贈った土地の権利書が、今、どうなっているか？　それを知りたくて、まず、加賀信用金庫の、金沢支店に寄ったんだと思う。ところが、もう十二年も前の話だ。当然のことながら、貸金庫には、権利書など、入っているわけがない。したがって、その権利書は、今、行方不明になっている久保田絵理子が、持っているものと、思わなければならない。そこで、ロハス大統領は、すぐに、外務省にそのことを話したのではないだろうか？　日本としては、何とかして、石油大国であるオーレリア共和国と、いい関係を保ちたい。しかし、表立って発表することのできない問題だから、警察庁外事課の連中に、久保田絵理子を、見つけ出せという命令を出した。そして、外事課の連中七人は、金沢にやって来たんだ」

「それで、警察庁外事課の連中は、今も、東京に帰ろうとはしないんですね？」

「そうとしか、考えられない。彼らの目的はただ一つ、久保田絵理子を見つけることなんだ。それに対して、私たちが、金沢に来たのは、東京で起きた殺人事件の、解決のためだった。しかも、私たちが、殺人事件について、この金沢で騒げば騒ぐほど、久保田絵理子を、探すことが、難しくなっている。そう睨んだのだろう。それで、誰が、どう手を回したのかは分からないが、三上刑事部長が、私たちに、早く東京に帰ってこいと、命令したんだ」

3

十津川は、三上刑事部長の命令通りに、まず、三田村と北条早苗の二人の刑事を、東京に帰すことにした。

「東京に帰ったら、君たちに、調べてもらいたいことがある」

「何でしょうか？」

「すぐ外務省に行ってくれ。さっきもいったが、オーレリア共和国は、石油大国として、のし上がってきた時に、アメリカやイギリス、あるいはヨーロッパの各国に対して、人権も尊重するし、国際条約は必ず守る。そう約束して、歓迎されたんだ。おそらく、日本との間にも、そうした条約が、できていると思う。それを調べてもらいたい。二つ目は、国際司法裁判所のことなんだ。久保田絵理子が、十二年前のロハス大統領から贈られた土地の権利書を、今も持っていて、もし、オーレリア共和国が、それを、返せといって来た時に、司法裁判に訴えたら勝てるかどうか、それを調べてもらいたい」

「分かりました。今の二つの件は東京に帰り次第、すぐに調べますが、警部は、これからどうされるのですか？」

三田村が、きいた。

「私としても、三上刑事部長からの、命令が来ているからね。何とか、頑張ってみるが、今夜遅くか、あるいは、明朝いちばんに、亀井刑事と一緒に、帰京することになると思う。ただ、その前に、私が今、推理したこと、それが、正しいかどうかを、この金沢の町で、確認したいと思っている」

と、十津川は、いった。

三田村と北条早苗の二人を送り出した後、亀井が、十津川に、向かって、

「これから、どうされますか？」

「全ての原因は、石油にある。それを、何とかして、実証したいんだ。もし、実証できれば、それを、三上刑事部長に、ぶつけるつもりだ。そうすれば、おそらく、私と君は、このまま金沢に残れと、三上刑事部長は、いうだろう」

「しかし、簡単に、警部の推理を認める相手とは、思えませんが」

「そうだろうね。例えば、ロハス大統領自身に会ったって、実は、石油の問題で困っているんだとは絶対に認めないだろう。私だってよく分かっている。だから、まず、私が調べてみたいのは、加賀信用金庫の金沢支店だよ」

二人は、加賀信用金庫金沢支店に行った。そこで、支店長に会う。

支店長は、当惑した顔で、

「先日、十津川さんに、お話をしたのが全てで、あれ以外には、何もありませんよ」

「ここに、ロハス大統領の貸金庫が、あるんじゃありませんか？　十二年前に、当時、大学生だった、ロハス大統領は、ここに貸金庫を設けた。それは、そのままずっと続いていて、今も、同じ貸金庫があるのではないかと思うのですが、違いますか？」

十津川が、きいた。

「何分にも、個人のプライバシーに関係しますし、特に、ロハス大統領の場合は、国賓待遇で、日本に来られていますから、そのロハス大統領について、この、加賀信用金庫に貸金庫があるかどうかは、お話しすることは、できませんが」

「別に、その貸金庫に、何が入っているかを、お聞きしているわけじゃないんですよ。それに、私は、東京で起きた、殺人事件の捜査のために、この金沢に、来ているんですからね。それについて、あなたが、協力できないというのであれば、私は、裁判所から、令状を持って来ますよ。そうなれば、何もかも、しゃべっていただかなくては、ならなくなりますが、それでも、構いませんか？」

十津川は、脅かした。

支店長は、その言葉を聞くと、慌てた顔になって、

「分かりましたが、内密にしていただけますか？　私がしゃべったことが分かってしまうと、いろいろな方面からクレームが来ますので」

「もちろん、あなたがお答えになったことは、一切、外部には、漏《も》らしませんよ」

と、約束した後、十津川は、

「では、この信用金庫に、ロハス大統領の貸金庫がある。その貸金庫は、十二年前からずっと使っていた。そのように、考えてもいいですね？」

「ええ、そうお考えになって、結構です。オーレリア共和国との親善のために、十二年前に設けた貸金庫がここにあって、それは、十二年後の今も同じように、ロハス大統領の、名前になっています」

「確か、貸金庫は、カギが二つあって、一つは、その金庫を借りた個人が持ち、もう一つは、銀行があずかっている。そういうことだったと思うのですが、違いますか？」

「ええ、その通りです。ですから、貸金庫のカギは、一つをロハス大統領が、お持ちのは

ずです」

「十二年前のことを、お聞きしたいのですが、十二年前もここに、当時、二十五歳のロハス大統領が、貸金庫を持っていた。そして、一ヵ月、金沢に滞在した後、帰国されたのですが、その時、貸金庫のカギを、どうされたか、支店長はご存じですか？」

「当時、私は、加賀信用金庫には、まだ入社しておりませんでしたから、その頃のことは、ちょっと分かりません」

と、支店長が、いう。

「どうにかして、それを、調べる方法はありませんかね？　私の想像では、その金庫のカギは、当時のロハス大統領が、久保田絵理子という女性に預けて、帰国したと思うのですが、この私の想像が、当たっているかどうか、それだけ、確認できればいいのです。ですから、何とか、当時のことを知っている人に当たってみていただけませんか？」

といって、十津川は、加賀信用金庫金沢支店を後にした。

十津川たちは、いったん加賀信用金庫を出ると、兼六園の近くの食堂で、少し早めの昼食を取った。

その間に、十津川の携帯が鳴って、出てみると、加賀信用金庫金沢支店の支店長だった。

「先ほどの、十津川さんの質問ですが、本店に電話をかけて確認したところ、十二年前に、ロハス大統領、もちろん、当時は、大統領ではなかったのですが、ロハスさんは、その時ウチの貸金庫を借りられて、カギを一つ、お持ちになっていたそうです。そして、帰国する時に、ロハスさんが、立ち寄られて、あの貸金庫は、自分がつき合っていた女性に、そのまま使わせたい。それで、カギを彼女に渡しておいたから、もし、彼女が来たら、丁重に扱ってもらいたい。そういって、帰国されたそうです」

「それで、貸金庫の中には、いったい何が入っていたんでしょうか？　それ、分かりますか？」

と、十津川が、きくと、支店長は、困ったような声になって、

「十津川さん、それは、聞かない約束だったじゃありませんか。それに私は知らないし、本店のほうでも、中に何が入っていたのかは、絶対に公表はできないと、いっているんです」

と、いい、十津川の返事も聞かずに、そそくさと電話を、切ってしまった。

「どうやら、私の想像が、当たっていたらしい。十二年前、金沢に滞在していた時、当時、学生だったロハス大統領が、あの信用金庫に貸金庫を持ち、帰国する時に、そのカギを、恋人だった久保田絵理子に渡していったそうだ。それが、確認できたよ」

十津川は、嬉しそうに、亀井に、いった。

「中身は、警部が想像されていた、土地の権利書でしょうか？　広大な土地の」

「そこまではまだ分からない。向こうも、そのことについては、公表できないといっている。しかし、間違いなく、何かが入っていたんだ。国をゆすぶるようなものがね」

十津川は、確信を持っていった。

4

「これから、どうされますか？　まさか、ロハス大統領自身に、お会いになるつもりじゃありませんよね？　警部の想像が当たっていたとしても、当然、ロハス大統領は、否定しますよ」

亀井が、いった。

「それは、分かっている。だから、ロハス大統領に会うのは、最後の最後にする」

「では、どなたに、お会いになりますか？」

「警察庁外事課の、佐久間課長に会ってみようと思っている」

「向こうが会うでしょうか？」

「そうだな。こちらの考えていることを、少しちらつかせれば、会うというかも知れないね」

現在、警察庁警備局外事課の七人が借りている浅野川沿いの家の、電話番号を調べると、十津川は、そこにかけた。

電話口に出た若い刑事に向かって、十津川は、

「私は、警視庁捜査一課の、十津川警部だが、そちらの、佐久間課長にお会いしたい。そう伝えてくれないか？」

すぐ、佐久間課長に、代わって、

「君たちは、もう、東京に帰ったと思っていたのだが、まだ、金沢にいたのかね？」

と、きかれた。

「今日いっぱいで、帰る予定ですが、その前に是非、佐久間さんに、お会いしたいのですよ」

「こちらには、別に、会わなくてはならない用件はないが」

「ロハス大統領の件ですよ。そちらが、わざわざ東京から来て、浅野川沿いの、元加賀友禅の職人の家を、借りていますね？　その家は、久保田進という職人が、住んでいた家で、現在失踪している久保田絵理子の家でも、あるんですよ。そのことは、承知の上で、そこに入られたのでしょうが、そのことについて、お話をしたいのです」

「どんな話だね？」

「石油の話です」

十津川が、いうと、急に、佐久間は、言葉を消してしまった。そして、

「いいだろう。浅野川沿いに、滝の白糸の銅像がある。知っているかね？」

「ええ、知っていますよ」

「じゃあ、そこで待ってくれ。今から三十分後に会おう」

そういって、佐久間課長は、電話を切った。

「佐久間課長が、どうやら、会う気になってくれたらしい」

「そのようですね」

「今から三十分後に、例の、滝の白糸の銅像の前で会うことになった。カメさんは、レンタカーの中で、待っていてくれ。向こうも、たぶん、一人で会いたいだろうからね」

と、十津川が、いった。

三十分後、レンタカーの中に、亀井を待たせておいて、十津川は、一人で、浅野川沿いに建っている滝の白糸の銅像の前に、行った。

五分ほど遅れて、佐久間課長が、やって来た。

十津川が想像した通り、向こうも、一人だった。

十津川から見れば、佐久間課長は、上司に当たるので、

「わざわざ、お出でいただいて、恐縮です」

と、まず、頭を下げた。

「石油の話だと、聞いたのだが、それは本当かね？」

と、佐久間が、きく。

「ええ、そうです。石油の話を、したいと思いまして」

「君が聞きたいのは、具体的に、石油と誰の話なんだ？」

「オーレリア共和国の話でもあり、今、金沢にいる、ロハス大統領の話でもあり、そして、行方不明になっている、久保田絵理子の話でもあります」

「一つに、絞ってくれないかね？」

「そうですか。それでは、失踪中の久保田絵理子と、石油の話に、絞りましょうか」

「しかし、分からないね」

と、佐久間課長が、いった。

「何が分からないのですか？」

「確か、君たちは、東京で起きた、殺人事件の捜査をするために、この金沢に、来たわけだろう？　それなのに、どうして君は、失踪中の女性について、関心を持っているのか

ね？　まさか、彼女が、東京で起きた殺人事件に絡んでいるなどと、いい出すんじゃないだろうね？」

と、佐久間が、いうのを聞いて、十津川は、苦笑した。

「そんなことは、申し上げませんよ。私のほうは、確かに、東京で起きた、殺人事件の捜査のために、この金沢に来ています。佐久間課長のほうは、何のために、東京から来られたのですか？」

「それも、六人もの、精鋭を連れて」

「私のほうは、殺人事件の捜査じゃないよ」

「とすると、やはり、行方不明の久保田絵理子の、捜索ですか？　何とかして見つけたいと思って、苦労されているわけですか？」

「わざわざ、この金沢に来た、ロハス大統領が、どうしても、十二年前、金沢に来た時に知り合った、久保田絵理子に会いたい。そういうので、それならば、何とかして、彼女を探そうということになって、私たち七人が、金沢に来ているんだ」

「やはり、石油絡みですか？」

「石油のことは、何も、絡んでいないよ。ロハス大統領も、男だからね。十二年前の若い時に知り合った、加賀友禅の家の娘である久保田絵理子に、何とかして、再会したい。だから、探して欲しい。そういわれたので探しているだけで、石油とは、全く関係ないんだ。

ロマンスだよ」

「それで、久保田絵理子は、見つかりそうなのですか？」

「あまり自信はないが、とにかく、見つけ出すつもりだよ。それでないと、二日間も滞日の期間を延ばしたロハス大統領に、申し訳がないからね。よっぽど、彼女が好きなんだな」

佐久間が、いった。

「ほかにも、警察庁外事課が、調べていることが、あるんじゃありませんか？」

「そんなことは、ないよ。私が知らないことを、どうして、君は知っているのかね？」

皮肉を込めて、佐久間が、いった。

「佐久間課長は、加賀信用金庫金沢支店にも、興味を、お持ちのようですね？　そちらの人間が、金沢に来てすぐに、訪ねたのは、加賀信用金庫金沢支店だと、聞いたものですから。おそらく、あそこにある、ロハス大統領が使っている貸金庫に、興味を、持たれたのではありませんか？」

十津川が、聞くと、今度は、佐久間が苦笑して、

「どうも、君は、想像がたくましすぎるね。何回でもいうが、現在、金沢に来ているロハス大統領が、十二年前に知り合った、久保田絵理子という女性に、どうしても、もう一度

会いたいから、探してくれというので、七人で探しているんだ。君が考えているような、ほかの理由なんて、全くないよ」

「そうですか、それで、よく分かりました。納得しました」

「本当に、納得したのかね？」

「納得するより、ほかに、仕方がありませんから」

と、十津川が、いった。

「どうも、君の言葉には、トゲがあるような気がするね。まあ、今日中に君は、東京に帰るそうだから、何をいっても、仕方がないがね」

十津川は、相手の皮肉を受け流しておいてから、

「ロハス大統領は、金沢に留まる時間を、二日間延ばしていますが、今日で、その期間も切れます。その後、大統領は、どうするおつもりなんですかね？　今日中に、久保田絵理子が見つかればいいが、そうでなければ、このまま諦めて、帰国されるのでしょうか？」

「そういうことは、私には、分からんよ。その辺を、どうしても知りたければ、外務省にでも、問い合わせてみたらいいんじゃないかね」

と、佐久間が、いった。

5

十津川は、レンタカーの車内で待っていた亀井に向かって、

「私は、これから、東京に戻ることにする」

と、いった。

「外事課長に、お会いになって、何か、分かったのですか？」

「分かったことは、ただ一つ。明らかに、佐久間課長は、ウソをついているということだ」

「それで、警部は急遽、東京にお帰りになるんですか？」

「ああ、そうする。東京で、確かめたいことがあるんだ。カメさんは、一人で申し訳ないのだが、この金沢に残って、ロハス大統領や警察庁外事課の連中の、動きを、見張っていて欲しい。問題は、行方不明になっている久保田絵理子が、見つかるかどうかにかかっているんだ。もし、見つかったら、今いったロハス大統領や、警察庁外事課の連中が、どう動くのか、それも、調べて欲しい」

十津川は、それだけをいうと、レンタカーで、小松空港に向かった。

いちばん早い飛行機で、十津川は東京に戻り、すぐ、三上刑事部長に会った。

刑事部長は、十津川の顔を見ると、

「帰ってきて、くれたのか？　君のことだから、何だかんだと理由をいって、金沢の滞在を延ばすのではないかと、思っていたのだが、意外と早く、帰ってきたんだね」

と、笑顔で、いった。

「こちらで、調べたいことが、急にできたのです。また金沢に戻るかも、知れません。向こうに、亀井刑事を残してきて、しまったもので」

「私は、君たちに、東京で起きた、殺人事件を捜査するため、金沢に、行かせたんだ。もう金沢には、行かず、東京に留まって、こちらで捜査を続けたまえ。金沢では、何も分からなかったんだろう？」

怒ったように、三上が、いった。

「いえ、東京で殺された男の身許が、分かりました。それも、金沢に行ったからです」

「向こうで、何を見つけたのかね？」

「石油《オイル》です」

「石油？　バカなことを、いっちゃいけない。秋田では、昔も今も、ほんの少しだけだが、石油が出ている。しかし、そんなものは、日本の需要に対して、何の役にも立たないぐらいの量だ」

「いや、部長、秋田の石油の話じゃないんです。オーレリア共和国の、石油の話です」

「それは、政府に、任せておいたらいい。政府は、オーレリア共和国と、石油の輸入について、協定を結ぶ予定なのだから、君の心配することじゃないんだ。第一、君は、なぜ一人で、石油の問題を、調べているのかね？」

「それが、今回の、一連の事件の、根本にあるからです」

「どうも、君のいっていることが、私にはよく分からないのだが」

三上は、眼をそらす。

十津川は、急に、三上刑事部長の顔を、見直して、

「ひょっとして、部長は、今回の件を知っていらっしゃったんじゃありませんか？　裏の裏をです」

と、きいた。

三上は、珍しく狼狽《ろうばい》して、

「私が、君を、裏切ることなんか、するはずはないだろう」

十津川は、微笑した。

(やはり、刑事部長は、知っていたんだ)

と、思ったからである。

「もちろん、部長が、私を裏切ることなんて、あり得ないと、思っています。今になって、考えてみれば、最初から、今回の問題は、石油だったんです。私は、東京の殺人事件の担当だったので、そのことを、ついうっかり、見逃してしまっていたんです」

「実は、今日になって突然、首相の特別補佐官の木村肇さんが、こちらに見えた。君が、金沢に行く前に会った人だよ」

三上が急に、態度を変えた。

「木村さんは、どんな話を、しに来たのですか？」

「事件の真相というものを、話してくれた。君がいったように、今回の問題はたった一つ、石油なんだ。ところが、上のほうからの指示があって、私は、君たちに、すぐに東京に戻れと命令した」

「ですから、西本刑事と、日下刑事と、三田村刑事と、北条早苗刑事は、すぐ東京に戻しました」

「しかし、君も亀井刑事も、すぐには帰らないつもりだったんだろう？　だから、こっちも困ってしまって、上司に、いったんだよ。きちんとした説明がないと、十津川警部たちは、なかなか、帰ってきませんし、それに、私自身も、納得ができませんといったんだ。

そうしたら、今もいったように、首相の特別補佐官の木村さんが、やって来た」

「それで、木村さんは、部長に、どんな話をしたのですか？」

「木村さんは、こういったよ。現在、オーレリア共和国で、親日家のロハス大統領が、困った立場に置かれている。だから、私は、どういうことですかと、聞いた」

「それで、木村さんは、何と答えたんですか？」

「ロハス大統領が若い時、好きな女性に、膨大な農地を、譲ってしまった。ところが、その農地に、豊富な石油が埋蔵されていることが判明した。世界のためにも、日本との友好のためにも、あるいは、オーレリアの国のためにも、その土地を返してもらいたいと、そういっている。わが国としては、何としてでも、油田の見つかった土地を、現在の大統領に、返却したい。しかし、民主国家を標榜《ひょうぼう》しているので、強権に訴えたくない。そのために、皆さんに動いてもらっているので、そこに殺人事件が絡んでくると、うまく行かなくなる恐れがある。木村さんは、そういった」

「それで、部長は、納得されたのですか？」

「もう少し、詳しく話して欲しいと、いった。すると、木村さんは、こう答えた。名前はいえないが、現在、三十四歳になる日本人の女性が、その土地のというか、油田の権利を持っている。まだ、その女性が見つかっていない。一刻も早く見つけて、何年も前に、ロハス大統領から譲られたその土地を、日本とオーレリアの、友好のためにも、返してもらいたい。そういうつもりでいるとね」

「なるほど」

「君は、どこまで、知っているんだ？」

「知っているというよりも、想像しているんですが、木村さんが、部長に説明したその話、間違いではありませんよ。二年前までは、オーレリアは、ただの貧しい農業国でした。ロハス大統領は、大地主の家に生まれ、広大な農地を、持っていましたが、そこから、石油が出るとは、思ってもいなかった。そこで、ある日本人の女性に、その広大な土地の権利を、譲ってしまったんです。ところが、二年前に、その農地の下に、膨大な量の石油が眠っていることが分かったんです」

「まさか、そんなことになるとは、ロハス大統領も思わなかったんだろうが、今、大統領は、慌てているだろうな」

「そうですね。確かに、若気の至りとはいえ、オーレリアの国民から見れば、そんな大事な土地を、日本人の女性に、譲ってしまったことが公になれば、批判されるに決まっています。ヘタをすれば、大統領の座を、失ってしまうかも知れません」

「君は、その女性の名前を、知っているのか？」

「知っています。久保田絵理子、年齢三十四歳。ただし、現在、行方不明になっています」

その十津川の答えを聞くと、三上刑事部長は、しばらくの間、考え込んでいたが、

「この問題が、片付くまで、殺人事件の捜査は、中止することにしたら、君は、同意するかね？」

と、いった。

「ええ、同意します」

「それでは、君も亀井刑事も、大人しく、東京に、帰ってきてくれるね？」

三上刑事部長が、きく。

「できれば、私と亀井刑事は、金沢にいたほうがいいと、思っているんですが」

「今、君は、殺人事件の捜査をすることは、遠慮すると、いったばかりじゃないか」

「いいました。しかし、問題の殺人事件に、今申し上げた久保田絵理子という女性が、絡んでいるかも、知れないのです。ですから、私たちにも、彼女を探させて、いただきたいのです」

「東京の殺人事件が、その久保田絵理子の失踪と、関係があるというのは、間違いないことなのかね？　そんな話は、木村さんからは、聞いていないが」

「私は、間違いないと思っています」

「それでは、私に、約束してくれるかね？　しばらくは、金沢に戻っても、殺人事件の捜査はしないと」

「はい。それは約束いたします。殺人事件の捜査をしても、あくまでも、現在、行方不明になっている久保田絵理子を探すための捜査に、限定します。ですから、私と亀井刑事は、是非、金沢に残りたいのです。その点、上司や特別補佐官の木村さんに、部長から、話をしていただけませんか？」

「話してみるが、すぐには答えが出ないかも知れないぞ」

「時間がかかっても、結構です」

「じゃあ、どこで待っているかね？」

「なるべく、金沢に近いところで、待っていようと思っています。それで、もし、ダメでしたら、そこから、東京に戻ってきます」

十津川は、三上に、約束した。

十津川は、東京駅に向かった。米原に行くための、新幹線に乗り込んだ後、車内から、金沢に残った亀井刑事に、連絡を取った。

三上刑事部長と、話したことを、そのまま、亀井に伝えた。

「そうですか、そこまで、事実が明らかになってきているんですか」

満足した口調で、亀井が、いった。

「次第に、関係者が、追い込まれてきているんだよ。オーレリア共和国の、ロハス大統領は、五日間、金沢にいて、何とかして、久保田絵理子に、会って、一度プレゼントした広大な土地の権利を、戻してもらおうとしているが、彼女が見つからないので、追いつめられている。日本の政府もそうだ。ヘタをすると、親日家のロハス大統領が、失脚しかねないからね。そうすれば、せっかく二国間で締結しようとしている石油の輸入協定も、どうなってしまうか分からない」

「それで、私たちは、今後、どういう指示を受けそうですか？」

「私とカメさんは、金沢で、久保田絵理子の捜索に当たる。ただし、殺人事件の捜査は、しばらくの間、棚上げだ。三上刑事部長に約束してしまったのでね」

「私たち二人で、久保田絵理子の捜索に当たるのは結構ですが、あの三上刑事部長は、よくそれで、納得しましたね」

「警視庁の上のほうに、かけ合ってくれるらしい。それから、特別補佐官の、木村さんにも、話をすると、刑事部長は、いっていたよ」

と、十津川は、いった。

6

十津川は、亀井との電話を、いったん切ると、今度は、先に東京に戻っている三田村刑事と北条早苗刑事に、連絡を取った。

二人にも、同じように、三上刑事部長の話を、そのまま伝えると、

「やっぱり、警部が想像されていた通りでしたね。これから、大変なことになるんじゃありませんか？」

と、三田村が、いう。

「君たちのほうは、どうなんだ？　外務省では、どんな反応があったんだ？」

「警部にいわれた通り、外務省に行き、警察手帳を見せて、国際問題について、質問しました。外国人から贈られた財産を、それを返してくれといわれた時、どうやって、守ったらいいのか？　国際問題に精通している弁護士がいるか？　自分の問題が、国際関係に絡んでいる時、どうやって、処理したらいいのか？　そんなことを、質問したのです。そうしたら、最初は優しく、応対してくれていたのですが、そのうちに突然、私と北条刑事は、奥の応接室に通されましてね。しばらく待たされてから、条約課の、課長という人が出て

きましてね。大場《おおば》という人なのですが、いきなり、私たちに、どうしてそういう、質問をするのか？　その理由を聞きたいというんですよ。顔つきが、少しばかり、おかしかったですね。あれは間違いなく、カリカリしていましたよ」

「それで、君は、どう答えたんだ？」

「こう答えました。これは、具体的な問題について、質問しているのではなくて、もし、私が、外国人から土地をもらったとして、その土地は、農地として、もらったのが、そこから突然、石油が噴出した。そうしたら、相手は、土地を返せといい出したが、私としては返したくない。その土地の、権利を守りたい。そうなったとき、どうしたらいいのか、それを、知りたいだけなんだと、そういいましたよ」

「なかなか、いい受け答え方を、したじゃないか。しかし、それだけでは、向こうは、納得しなかっただろう？」

「その通りです。もう少し、具体的な問題で質問して欲しいと、いうんですよ。その土地は誰にもらったのか？　今も農地として登録しているのか？　そうしたことを、詳しく話してくれれば、こちらも、きちんと、答えられるが、そうでなければ、答えられない。条約課長は、そういいましたね」

「その条約課長は、農地としてもらったのに、そこから石油が出たら、それは、返さなければいけないと、いったんじゃないのか？」

「ええ、その通りです。ただ、農地としてもらったということが、なければ、どうなるのかと、それも、聞きました。ただ単に、土地十ヘクタールをもらい、登記した。ところが、そこから石油が出た場合は、どうなるのかと聞きました。そうしたら、その場合は、個々の条件によって違うと、曖昧《あいまい》な答え方をしましたね」

「明らかに、オーレリア共和国のロハス大統領のことを、頭に置いて、答えているんだよ」

「私たちは、これから、どうしたらいいと思われますか？」

「私と亀井刑事は、金沢で、久保田絵理子を探す。君たちも、そちらの仕事が終わったら、すぐ、金沢に来たまえ。西本刑事と日下刑事にも、同じことを、伝えて欲しい。どうにかして、一刻も早く一人の女性を見つけ出さなければ、ならないんだ。それには、人数が多いほうがいいからな」

と、十津川が、いった。

「では、これから、国際法に詳しい弁護士に会って話を聞いた後、私たちも、金沢に向かいます」

三田村が、いった。

7

十津川の乗った「ひかり」が、米原に着くまでの間に、三上刑事部長から、電話がかかってきた。

「君の勝ちだ。君と亀井刑事は、金沢で、警察庁に、協力して、久保田絵理子を、探してみてくれ。一刻も早い発見が、必要だ」

と、いった。

十津川は、米原で乗り換えて、北陸本線で、金沢に向かう。

JR金沢駅で降りると、亀井刑事が、迎えに、来てくれていた。

亀井が、借りておいた、レンタカーの中で、二人は、話をした。

「浅野川が、見えるところにやってくれ」

と、十津川が、いった。

亀井の運転で、浅野川に、向かう。

例の、滝の白糸の銅像の傍で、車を停めた。

「私がいない間、金沢の様子は、どうだったか？　何か変わったことが、なかったか？

まず、それを聞きたい」

十津川が、いうと、

「ロハス大統領が、入院しました」

と、いきなり、亀井が、いった。

十津川は、ビックリして、

「入院？　どうしたんだ？　交通事故にでも遭ったのか？」

「入院したのは、金沢医大ですが、入院の理由は過労です。三日間ほど、安静にしていれば、回復するだろうとの、医師の見解が、発表されています」

「本当に、過労で倒れたのか？　それとも、仮病か？」

「それは、分かりません。ロハス大統領は、三日間滞在するところを、二日延ばしました。だが、それでも久保田絵理子は、見つからない。この上、滞在を、延期すると、いろいろと噂が広がりかねない。そこで、病気になったことにして、入院し、時間を稼ごうとして、いるんじゃないかと、思いますが」

「カメさんのいう通りだと思う。私も、今回の入院は、仮病の可能性が、大きいと思うね。三日間の静養ということにして、その間に何としてでも、問題の久保田絵理子を、探すつもりだろうが、果たして、見つかるだろうか？」

「それについてですが、金沢市長が、先ほど記者会見を、開きました」

「その記者会見で、市長は、どんなことを発表したんだ？」

「今、金沢に、逗留しているロハス大統領が、十二年前、学生の頃に、日本に来た時、好きになった、女性がいます。名前は久保田絵理子さん。現在三十四歳のはずですが、ロハス大統領は、日本を去る前に、どうしても彼女に一目会ってから帰りたいと、切望しておられます。金沢市としては、日本とオーレリア共和国との、親善のためにも、是非、久保田絵理子さんを、探し出して、会わせてあげたいと考えています。彼女は、加賀友禅の職人の娘なので、加賀友禅の関係者も、協力してくれることになりました。そのほか、金沢の警察も協力するということになり、市としても、失踪中の久保田絵理子さんに、呼びかけることにしました。新聞やテレビなどのマスコミも、大いに、協力していただきたい。そういう発表でした」

「なるほどね、市を挙げて、久保田絵理子を探し出すことに、したわけか」

「それで、新聞やテレビも、久保田絵理子に対する呼びかけを、一斉に始めています。もちろん、土地のことなどは、全く出ていなくて、全て、若い頃の、深い友情のために、ロハス大統領が、彼女に一目会ってから、日本を離れたい。そう願っているというロマンチックなストーリーになっています」

亀井は、ポケットから、折り畳んだ新聞を取り出して、十津川に見せた。

今日の地元紙の夕刊である。

社会面に、若い頃の、久保田絵理子の写真が載っていて、

「ロハス大統領が、あなたに、会いたがっている。国際親善のためにもぜひ、名乗り出てきて欲しい」

そういうキャプションが、ついている。

「これと同じものを、テレビでも放映しています」

十津川は、その新聞の顔写真を、じっと見つめながら、

「それにしても、久保田絵理子は、どうして姿を現さないんだろうか？」

と、つぶやいた。

第六章　ある男

1

依然として、久保田絵理子の行方は分からないままだった。

十津川は、そんな状況の中で、亀井にいった。

「このまま、闇雲《やみくも》に探しても、久保田絵理子は、見つからないような、気がするんだ。また、彼女自身は出てこようとしても、こうして、大騒ぎになり、警察や外務省の役人が、探し回っていれば、出てきたくても、出てこられないんじゃないか？　そんな心配をしてしまうんだがね」

「確かに、このままだと、なかなか、彼女は見つからないかも、知れませんね」

「だから、今回の問題について、正確な期日を追って、具体的に、書き並べてみようじゃないか？　そうすれば、何か、分かってくるかも知れない」

と、十津川は、いった。

「期日を、追っていくといいますと、どのように？」

「数年前まで、オーレリア共和国は、貧しい、農業国だった。それが突然、二年前に、国内で石油が発見され、膨大《ぼうだい》な埋蔵量があることが、確認されて、一躍、世界有数の石油輸出国になった。その一方、金沢では、同じく二年前、久保田絵理子の両親が、交通事故で亡くなり、その葬儀の後、久保田絵理子が失踪した。これは、偶然なのだろうか？」

「改めて、警部にいわれてみると、確かに二年前に、油田が発見され、同じ二年前に、久保田絵理子が、失踪しているんですね。今度みたいに大騒ぎになってみると、単なる偶然とは、思えなくなりました。ただ二年前というだけで、正確な月日が分かりますか？」

「だから、それを、調べてみたんだよ。外務省に聞いたり、この金沢の県警本部に、確認したりしてね。それで一応、タイムテーブルのようなものを作ってみたんだ」

十津川は、一枚のメモ用紙をテーブルの上に広げた。

「これはすべて、二年前のことなんだ」

と、十津川が、いった。

メモ用紙には、最初の行に、

〈一月十六日　オーレリア共和国で最初の油田発見〉

と、書いてある。

続けて、

〈二月二十七日　金沢市内で、十八日の自動車事故によって意識不明のまま久保田絵理子の両親死亡。
三月一日　N寺で両親の葬儀。喪主は長女の久保田絵理子。
三月三日　久保田絵理子失踪。
四月五日　オーレリア共和国で、ロハス大統領就任。農業国家オーレリアが、今や石油王国になったことを宣言〉

「ここに、二年前の一月十六日に、最初に油田が発見されたと書いたが、オーレリアで油田の石油の試掘が、始まったのは、その前年の夏からで、アメリカ系の資本によって、オーレリアの地下には、莫大な量の石油が眠っているだろうという予測の下に、試掘が、開始されたんだ。そして、最初の油田が、二年前の一月十六日に、見つかっている。この時は、国際的に、大変なニュースになった。何しろ、その際、オーレリア共和国における石油の推定埋蔵量も、明らかにされて、それが、イラク、イランに次ぐものだったからだ」

「最初に、石油が出た土地ですが、十二年前に、ロハス大統領が、日本から帰国するに際して、久保田絵理子に贈った農地だったということは、ないのですか？」

「それが、はっきりと分からないんだ。しかし、二年前の一月十六日に、オーレリアで、最初に石油が出た時のことを、外務省に聞いてみると、どうやら、そこは、今のロハス大統領が、個人的に持っている農地の中の、一角だといわれている。当然、その近くには、彼が、久保田絵理子に、贈った土地もあるはずだよ」

「そうなると、石油が出た途端に、ロハス氏は、広大な農地を、十二年前に、日本人の女性に、贈ってしまったことを思い出して、しまったと、思ったんじゃありませんか？」

「たぶん、そうだろうね。その時から、何とかして、贈った土地を取り返そうと、考え始めたんじゃ、ないのかな。特に、その、三ヵ月後の四月五日に、ロハス氏は大統領に就任している。その後では、更に強烈に、あの農地を取り返そうと、思ったはずだよ」

「一月の十六日に、石油が出て、四月五日に、大統領に就任した。その間の二月二十七日に、久保田絵理子の両親が、交通事故で死亡し、三月一日に、葬儀が行われた。三日に久保田絵理子が、失踪。これは、何かあるとしか思えませんね」

「何かある、か」

「何か、なければ、おかしいですよ。突然、久保田絵理子の両親が、交通事故で死亡したり、その葬儀の翌々日に、彼女がいなくなったり、ただの偶然とは、とても、思えませんね」

「カメさんは、二年前の、一月十六日から四月五日まで、どんなことがあったと、想像しているんだ？」

「無責任な想像でも、構いませんか？」

「もちろん、構わないさ。とにかく、莫大な量の石油が、絡《から》んでいるし、オーレリア共和国という一国の命運が、かかっているんだから、普通の想像じゃ、真実に近づけないかも知れないからね」

「では、勝手な想像を、しゃべらせてもらいますよ。二年前の一月十六日、オーレリア共和国で、初めて、石油が発見されました。そこはおそらく、広大な農地を所有しているロハス家の土地の一角だったと、思われます。そこには、十二年前に、当時二十五歳の、ロハス氏が、日本人女性、久保田絵理子にプレゼントしてしまった、広大な農地も含まれていました。その直後、オーレリア共和国で、最初の大統領選挙が行われようとしていて、ロハス氏が立候補していました。貧しい農業国だったオーレリアが、今や一躍、石油大国に、なったんですから、当然、大統領選挙は、世界中から、注目されます。立候補したロハス氏が、十二年前、東洋の日本という国の女性に、広大な土地を、譲ってしまい、その下には、どれだけの量の、石油が眠っているか分かりません。もし、このことが、国民に知れたら、おそらく、大統領に当選できないだろう。そこで、ロハス氏は、何とかして、その土地を、取り戻そうと考えたが、大統領の選挙に、立候補していたロハス氏は、勝手に、国を留守にして、日本に行くわけには、いきません。そこで、腹心の部下を、日本に差し向けたのではないでしょうか？　日本のことを、何も知らない人間を、差し向けたところで、どうしようもありません。それで、想像されるのは、今も、ロハス大統領と一緒に、日本に、来ている日本人の、サトウです。そのサトウと、何人かの人間を、二年前の二月に、ロハス大統領は密かに、日本に出発させたのではないかと、私は思うのです。一行は金沢に行って、久保田絵理子と彼女の両親に、会い、十二年前に、ロハス大統領が、贈った土地を、返してもらえないだろうか、返してもらえないと、ロハスは、大統領になれなくなる。そういって、強く、迫ったのではないでしょうか？　久保田絵理子の家は、加賀友禅の職人の家でしたが、その頃、仕事がうまく行っていなくて、困っていました。それで、簡単には、返せないといったのだと、思います。困ったサトウたちは、自分たちが仕《つか》えている、ロハス家の命運が、かかっているだけに、最後の手段に訴えたのではないでしょうか？　まず、久保田絵理子の両親を、交通事故に、見せかけて殺してしまう。そして、次に、久保田絵理子本人に迫ったのではないでしょうか？　身の危険を感じた久保田絵理子は、なんとか、葬儀だけを済ませた後、姿を消してしまったんじゃないでしょうか？」

「なるほど、カメさんの話は、筋が、通っているよ」

「自分では、あまりにも短絡《たんらく》すぎる気がしています。いきなり久保田絵理子の両親を、交通事故に見せかけて殺してしまったというのは、少し、飛躍しすぎかも、知れません」

亀井が、いうと、十津川は、それを、否定して、

「そんなことはないよ。何しろ、十二年前にプレゼントした農地が、返されるかどうかは、今や、ロハスが、大統領を続けられるかどうかのカギを、握っている。もっと大きくいえば、石油大国になった、オーレリア共和国の将来がかかっているといってもいい。そうなれば、加賀友禅の職人の夫婦を、交通事故に見せかけて殺しても、何とも、思わないんじゃないかね」

「二年前の二月頃、オーレリア共和国から日本人のサトウたち何人かが、この金沢に来て、動き回っていれば、誰かが、気がついているかも、知れませんね」

亀井が、いうと、

「とにかく、それを、調べてみようじゃないか？」

と、十津川が、受けた。

2

問題は、二年前の金沢である。その時に、亀井が想像したようなことが、実際にあったとすれば、誰かが、覚えているかも知れない。

二人は、石川県警本部に行き、現在、久保田絵理子を、探している県警の中西警部に会い、また、金沢市役所に行って、そこでも話を聞いた。

中西警部は、十津川の話を聞くと、ビックリしたらしく、

「お二人は、ずいぶん、思い切った想像をしましたね」

「バカげた、想像かも知れませんが、可能性は、全くゼロというわけではないと、思うのですよ」

「分かりました。二年前の二月十八日の交通事故のことを、もう一度、調べ直してみますよ」

と、中西警部が、いってくれた。

二年前の二月十八日の深夜、金沢市内で起きた交通事故。死亡した、久保田絵理子の両親の事故のことを、中西は、さっそく調べ直した。

一時間ほどして、中西警部は、金沢東警察署の、交通課が作成した事故の調書などを持って、戻ってくると、十津川たちに説明した。

「二年前の二月十八日の夜十一時五分、金沢市内のS町で、起きた交通事故です。事故の原因は、夜になって気温が下り、道路が、アイスバーンの状態になっていたのが原因だと思われます。久保田絵理子の両親は、軽自動車で、でき上がった、加賀友禅を問屋に届けようとして、アイスバーンで車を滑らせてしまい、大型トラックに正面衝突、二人とも意識不明のまま、二十七日に、死亡しました」

「その頃、金沢に、オーレリア共和国から、何人かが、来ていませんか？」

十津川が、きく。

「その点も調べてみました。しかし、二月十八日の前後に、オーレリア共和国からの客は、誰も、来ていませんね」

中西が、あっさり否定した。

「金沢には、来ていなくても、日本には来ているんじゃありませんか？　入国管理局で調べれば、二年前の二月十八日前後に、オーレリア共和国から、何人の人間が、入ってきているか、いないかは、すぐ、分かるのではないかと思いますが」

十津川がいうと、中西は、

「もちろん、その点も、調べましたよ。十津川さんがいわれるように、入国管理局に、電話をして、調べてもらいました。やはり、二年前の二月十八日前後、いや厳密にいうともっと広く、二年前の一月から三月にかけて、調べてもらいましたが、オーレリア共和国からは、一人も、日本には、入ってきておりませんね」

亀井は、ガッカリした顔で、十津川に向かって、

「私の想像は、やはり勝手な空想でしかありませんかね」

「いや、簡単には否定できないよ」

十津川が、いった。

「しかし、二年前の一月から三月までの間、オーレリア共和国からは、誰一人として、日本に、入国していないのですよ。とすれば、二月十八日深夜の、交通事故は、本当の、事故だったことになってくる。事件の臭《にお》いは消えました」

諦めたように、亀井が、いった。

「いや、そんなことはない」

「どうしてですか？」

「いいか。カメさん。何しろ、オーレリア共和国の存亡に、関わるような重要な問題だったんだ。その問題を、解決するために、日本に乗り込んできた者がいる。そんな人間が、オーレリア共和国の、パスポートを使って、堂々と、日本に入ってくるだろうか？　そんなことをすれば、後になって、必ず面倒なことになってくる」

「しかし、それなら、どうやって、日本に入ってきたんですか？　ニセのパスポートでも、使ったということですか？」

「いや、それはないね。もし、あとでバレたら、これも、大変なことになる」

「じゃあ、どうやって？」

「オーレリア共和国は、南米にある。そして、二年前までは、貧しい農業国だったんだ。そういう国ならば、当然、何とか稼ごうとして、アメリカに、移民として入った人間も多いんじゃないか」

十津川が、いうと、亀井が、急に顔を輝かせて、

「アメリカに、移民として入って暮らしていた人間を、ロハス大統領が、金で傭《やと》って、そのまま日本に行かせたというわけですか？」

「そうだ。それなら、別に、おかしくもないだろう？　移民として、長年アメリカで、暮

らしていれば、アメリカの国籍を持っているはずだから、日本に入ってくる時は、アメリカのパスポートが使える。アメリカからは、毎年、何万人もの人間が、日本に入ってきているだろうから、目立ちも、しないだろう。そうやって、日本に入ってきてから、何人かが金沢に行って、久保田絵理子や彼女の両親に接触したんじゃないだろうか？　その時でも、石川県のホテルや、旅館には泊まらず、隣接した富山県なり、近くの県なり市なりに、泊まればいい」

と、十津川が、いった。

「なるほど。そうすれば、オーレリア共和国の人間だとは、気づかれませんね」

しかし、これは、あくまでも、十津川の想像であって、その想像が、当たっているかどうかは、分からない。

「可能性は、十分の一くらいかな」

十津川は、謙遜《けんそん》して、いった。

十津川の想像が、当たっているとすれば、二月十八日の夜の交通事故は、ただの交通事故では、なくなってくる。

十津川と亀井は、中西警部に頼んで、問題の事故を調べた、金沢東警察署交通課の、青木という刑事に再び会わせてもらった。

「あなたが書いた調書、二年前の二月十八日夜の交通事故の調書を、あらためて読ませてもらいましたよ。それで、疑問に思ったことを、質問しますので、答えていただきたい」

と、十津川が、いった。

「どんなことでしょうか？」

青木刑事が、緊張した顔で、きいた。

「ここには、二年前の、二月十八日、午後十一時五分発生と、書いてありますが、事故を知らせる電話でも、あったのですか？」

「そうです。調書にも書きましたが、この日の、午後十一時五分に電話がかかってきましてね。市内のS町の通りで、交通事故が発生したということで、パトカーで、現場に、急行しました。私が到着した時、すでに、救急車が来ていました。大型のトラックと、正面衝突した軽自動車は、フロントの部分が、完全に潰れてしまっていましたね。その軽自動車に、乗っていた中年の夫婦は、救急車が、近くの病院に、運んでいきましたが、二人とも、意識不明ということが分かりました」

「その事故を知らせてきたのは、誰なんですか？」

「トラックを運転していた、三十五歳の、運転手ですよ」

「調書には、確か辻村健と、書いてありましたが、この運転手ですか？」

「ええ、その通りです。辻村健という、運送会社の、主人です」

「事故の写真が、調書に挟んで、ありましたが、これは、間違いなく、この事故の時の写真ですね？」

十津川は、そういって、調書の中に挟まれている五枚の写真を、抜いて、青木刑事の前に並べた。

「この写真を、見てください」

と、青木刑事が、いった。

「現場は、二車線の道路なのですが、ご覧のように、軽自動車が、対向車線に飛び出して、トラックと、正面衝突しています。おそらく、アイスバーンになってしまった道路で、ハンドルをとられ、対向車線に飛び出して、トラックにぶつかったものと、思われます」

写真を見ると、二車線の道路で、軽自動車が、反対の車線に飛び出して、トラックとぶつかって、フロント部分がめちゃくちゃに壊れてしまっている。

「この様子では、軽自動車のほうが、運転を誤ったと、いうわけですね？」

「申し上げたように、アイスバーンにハンドルを、取られたんですよ」

と、青木が、いった。

五枚の写真全部を見ても、確かに、久保田絵理子の両親が乗った、軽自動車は、対向車線に飛び出して、トラックと、激しくぶつかっている。

しばらく五枚の写真を、じっと、眺めていた十津川が、

「少しおかしいな」

と、つぶやいた。

その言葉を聞いて、青木刑事が、

「どこがおかしいのですか？」

と、首を傾げる。

「この四枚目と五枚目の写真ですがね、ペチャンコに潰れた軽自動車を、後ろから、撮影していますね。フロント部分は、完全に潰れて、トラックの下に、潜《もぐ》った格好になってしまっているが、おかしいのは、軽自動車の、後ろの部分ですよ。反対車線に、飛び込んで、トラックと、正面衝突したのだから、フロント部分がめちゃくちゃになっているのは、分かりますけどね、後ろの部分、両方の尾灯が壊れてしまっている。それから、後ろのバンパーがひん曲がっていますが、これは、どういうわけですかね？　トラックとは、正面からぶつかったのに、どうして、尾灯が割れてしまっていたり、バンパーが歪《ゆが》んでしまっているのでしょうか？」

「その後ろの部分ですが、事故の前から壊れていたんじゃ、ありませんか？」

「しかし、両方の尾灯とも、カバーが割れてしまっていますよね？　それに、バンパーも壊れてしまっている。こんな状態で走っていたら、絶対にマークされたんじゃありませんか？」

「確かにそうですが、何しろ、夜の十一時すぎですから。直前に、車庫入れで、ぶつけたのかも知れません」

と、青木刑事が、いった。

十津川が、黙って考え込んでいると、続けて、青木刑事は、

「それに、正面衝突して、フロント部分が、潰れて、乗っていた夫婦が亡くなったんですよ。後部は関係ないんですよ」

と、いう。

「しかし、こんなことも、考えられますよ」

と、十津川が、いった。

「夜の凍った道路を、軽自動車は、注意深く走っていた。突然、後ろから、大型の車が、ぶつかってきた。ビックリして警笛を鳴らしたが、相手は、構わずに、もう一度、ぶつかってくる。軽自動車の運転手は、慌ててブレーキを、踏んだ。ところが、アイスバーンなので、スリップして、反対車線に飛び出してしまった。そこには、大型トラックが待ち構

えていた。正面衝突。フロント部分が潰れ、軽自動車に乗っていた二人は、死亡した。後ろからぶつかっていった車は、どこかに姿を消してしまう。そういうことも、考えられるのじゃありませんか？」

と、十津川が、いった。

青木刑事は、首を傾げている。

二人のそばで、十津川と青木のやり取りを聞いていた、中西警部が、急に目を光らせて、

「確かに、十津川さんが、いったことは、可能性が、ありますね。もし、それが当たっていたら、この交通事故は、殺人ということに、なってきます」

「このトラックの運転手は、今、どうしていますか？」

亀井が、青木刑事に、きいた。

「ちょっと、分かりませんが」

「何とか、探し出してくれませんか？　できれば、その運転手に会って、話を、聞きたいのですよ」

「見つかるかどうかは、分かりませんが、とにかく、探してみます」

と、青木刑事は、約束した。

青木刑事は、二年前の事故の時、辻村運転手が、経営していた運送会社に連絡をし、聞

いてくれたが、しかし、すでにその会社は倒産して、辻村は、行方不明だ、という返事だった。

「この後、どこに行ったのかは、分からないそうです」

と、青木刑事が、十津川に、いった。

(この交通事故には、不審な点がある)

十津川が疑問に感じたのは、やはり、交通事故の後、検視のために、撮られた写真である。

絵理子の両親の乗っていた軽自動車は、トラックと正面衝突したために、フロント部分がぐちゃぐちゃになり、それが死因になったと分かるのだが、十津川が、不審に思えて、仕方がないのは、軽自動車の後部、尾灯が壊れ、その上、バンパーが、曲がっているということである。

この事故を扱った青木刑事は、その時、後部の破損にも、気がついていたが、直接の死因では、ないということで、詳しくは、調べなかったといっている。

十津川は、それを、怪しいと思ったのだが、二年後の今となっては、問題の事故車両ももうすでに、存在していないとあって、調べようがない。

もう一つ、十津川が、調べてみる気になったのは、三月一日に、行われた葬儀である。

葬儀は、自宅近くの寺で、行われている。

十津川と亀井は、その寺に、行ってみた。

住職に会って話を聞くと、二年前の葬儀のことは、よく覚えていてくれた。

「何といっても、亡くなられた久保田さんは、加賀友禅の、立派な職人さんでしたからね。ずいぶんたくさんの人が、葬儀に、参列されましたよ。当時の市長さんも、来られたし、商工会議所のお偉いさんも、来られたし、人間国宝といわれている加賀友禅の名人も来られました」

「参列者の中に、変わった人は、いませんでしたか？　例えば、日本人ではない、外国の人などですが」

と、十津川が、きいた。

「外人さんは、いらっしゃらなかったような、気がしますけどね。ただ、私が、受付にいたわけでは、ありませんし、お経を読んでいましたからね。もしかすると、来ていたかも知れませんね」

「誰か、葬儀の模様を、ビデオカメラで撮影していたということはありませんか？」

亀井が、聞くと、住職は、少し考えてから、

「確か、同じ加賀友禅の職人仲間の人が、撮っていたような、気がしますよ」

住職のその答えを、頼りにして、二人は、市内の、加賀友禅伝統産業会館に行ってみた。

そこの受付で、二年前の、久保田夫妻の葬儀のことを聞いてみた。

受付の男は、頼りなげに、

「そんな、記録ビデオがあるというような話は、聞いたことが、あるような気もしますが、私は、その実物を、見たことがないので、よく分かりませんね」

「何とか、それを、探してもらえませんかね」

十津川が、警察手帳を、見せながら、聞くと、受付の男は、やっと、

「もしあるとすれば、二階の倉庫に、入っていると思うので、一緒に探してくれませんか」

三人で二階に、上がっていくと、二階の隅に倉庫があって、そこには、昔の加賀友禅の道具や、毎年の発表会の、写真をまとめたものなどが、置かれていた。とにかく、ここ十年間のさまざまな、関係する書類や道具などが雑然と入っているのだ。

三人で、その中を、調べることになった。

一時間近くも、薄暗い倉庫の中を、探し回っているうちに、

「これじゃありませんか？」

亀井が、段ボールの中から、一本のテープを取り出して、十津川に見せた。

そのテープには、二年前の日付と、この年の加賀友禅に関する出来事が、書いてあった。

十津川は、会館で、テレビとビデオデッキを借りて、そのテープを、映してみることにした。

問題の葬儀については、凡《およ》そ二時間にわたって、録画されていた。そのテープを、十津川は、会館にいる職員や、現在、加賀友禅の制作に、関わっている人たちにも、見てもらうことにした。

十津川は、集まってくれた人たちに、こういって、頼んだ。

「この葬儀のテープは、二時間少しあります。亡くなったのは、加賀友禅の職人である久保田さんと、その奥さんですから、葬儀にも同じ、加賀友禅の職人や、その関係者がたくさん来ていると、思うのです。ですから、皆さんがよく知っていらっしゃる顔が、たくさん出てくると思うのですよ。その中で、もし、意外に、感じる人がいたり、あるいは、全く、見たことのない人がいたら、是非、私にいってください。よろしく、お願いします」

ビデオの放映が始まると、集まった人たちの間から、私語が漏れてくる。

「アッ、桜井《さくらい》さんだ」

「鈴木《すずき》さんは、奥さんが、入院していたんだけど、よく、参列したね」

「あの着物姿の女性は、本村《もとむら》君の奥さんじゃないか？」

「本村君の奥さんを、初めて見たけど、なかなか美人だね」

そんな私語が聞こえてくるのは、有名な、加賀友禅の職人夫妻の葬儀のため、十津川が、予想していたように、出席者のほとんどが、関係者だからだろう。

テープは、二回流された。

「どうですか？　私がいった、見たことのないような顔や、あるいは、意外な人の顔は、ありましたか？」

十津川が、きくと、葬儀の終わりのほうに、見慣れない人が、いたという声が、多くあがった。

十津川は、もう一度、ビデオを再生することにして、

「その見慣れない人が、出てきたら、すぐに声を、かけてください。テープをいったん止めますから」

そのテープが、終わりに、近づいた頃、一人が、

「アッ、この人？」

と、画面を、指差して、いった。

ほかの人たちも、

「アッ、そう、この人、この人」

と、いう。

十津川は、すぐにテープを止めた。

この葬儀は、午後一時からだったが、遅れてきた、参列者の中に、指摘された人間がいた。

年齢四十歳くらい、日本人の、顔だった。きちんと背広を着ている。落ち着いて焼香し、献花して、斎場から出ていく。

十津川が、再生ボタンを押し直すと、次のシーンは、喪服姿の、久保田絵理子が、焼香を終えて帰っていく人たち一人一人に向かって、挨拶しているところだった。

そのシーンの中にも、問題の男が、出てきた。

十津川は、首を傾げた。

前のシーンでは、男は遅れてやってきて焼香し、献花をした後すぐ、斎場から出ていったはずである。

それなのに、最後のシーンにいたのだから、すぐに帰ったのではなくて、残って、いたことになる。残って、喪主の、久保田絵理子の挨拶を受けている。

十津川は、そこにいた人たちを、見回して、

「三月一日に行われたこの葬儀なんですが、この時、受付をした人は誰か、ご存じありま

せんか?」

と、聞いた。

「あの時は、加賀友禅の勉強をしている若手の人間が、したんじゃなかったかな?」

と、一人が、いい、別の男が、その言葉にうなずいて、

「そうだった。確か、後藤《ごとう》君と、井上《いのうえ》君じゃなかったかな」

と、いった。

「井上君なら、そこにいますよ」

「そうだ。あの日は確か、君がやったんじゃなかったか?」

「ええ、そうです。僕がやりました。受付のお手伝いを、させていただきました」

と、井上と呼ばれた、二十代の若い男が、いった。

十津川は、今度は、その井上という若い男に、声をかけた。

「今、問題になっている、中年の男のことなんだけど、覚えていますか?」

「ええ、よく覚えていますよ。僕は、受付を、していましたから」

「その時、見慣れない人だなとは、思いませんでしたか?」

「ええ、思いました。いつも、会っている人じゃないと、思ったんです」

「その人、香典を出しました?」

「ええ、出しましたよ。中には、確か五万円入っていたんじゃなかったかな。全然見たこともない人なのに、いやに香典の金額が大きいなと、思ったので、覚えているんです」

「名前は、分からない？」

「ええ、分かりません」

「この男だけど、早く帰ったと思ったのに、結局、最後まで、いましたね。ビデオの最後に、喪主の、久保田絵理子さんと挨拶している様子が映っていましたから。彼が、最後まで、残っていたのは、知っていましたか？」

十津川は、井上に、聞いた。

「ええ、それも、記憶していますよ。僕と後藤君は、最後まで、受付にいましたから」

「この男ですが、残っている理由について、あなたに、何かいいましたか？」

「できれば、娘さんに、会ってから帰りたいので、ここで、葬儀が終わるのを待っていてもいいですかと、いいました」

「それで？」

「それで、椅子を、一つ持ってきて、ここで座って待っていてくださいと、いいました」

「それで、この男ですが、葬儀が終わってから、喪主の久保田絵理子さんと、話をしていましたか？」

「そうですね。内容までは、分かりませんが、しばらく、話をしていたみたいです。僕たちが、そろそろ、受付を片付けようとしていた時も、彼は、久保田絵理子さんと、何やら話し込んでいましたから」

「彼が帰った時のことを、覚えていますか？」

「覚えていますよ。久保田絵理子さんが、ほかの人に、挨拶を始めたので、彼は、帰っていったのです」

「他にこの男のことで、あなたが、覚えていることは、ありませんか？　どんな小さなことでもいいんですが」

今度は、亀井が、きいた。

「そうですね」

と、井上は、少し考えてから、

「少し遅れて飛び込んできて、ネクタイを替えて、いましたね」

「ネクタイを、替えていたって？」

「きちんと、三つ揃いの背広を着ていたんですが、ネクタイが、葬儀には、相応《ふさわ》しくないような、明るい色のものだったんですよ。見ていたら、アタッシェケースの中から、黒いネクタイを、取り出して、それと替えていたのです」

「その男は、アタッシェケースを、持っていたんですか？」

「ええ、そうです」

「しかし、斎場に入って焼香をした時は、アタッシェケースは持っていなかったようですが」

「受付で、預かっておいてくれといわれたので、僕が預かったんです」

と、井上が、いった。

「確認したいんだけど、その男は、アタッシェケースを、持っていて、その中に、葬儀用の黒いネクタイを、用意していたんですね？　斎場に着いてから、それまで、締めていたネクタイと取り替えた。つまり、そういうことですね？」

「ええ、そうですよ。用意がいいなと、思いました」

アタッシェケースを、持っていて、その中に、万一に備えて、黒いネクタイを入れているとなると、想像できるのは、銀行の、外回りの人間か、あるいは、生命保険の、外交員などである。

しかし、地元の人たちが、口を揃えて、知っている顔ではないといっているところを見ると、少なくとも、普段、金沢の町をセールスして回っている、銀行員や、保険会社の外交員ではないだろう。

「ここにいる方の中で、亡くなった、加賀友禅の職人の久保田さんと、親しかった方は、いませんか？」

と、十津川が、いうと、一人が、そっと手を挙げた。

五十歳ぐらいに見える男で、名前は、渡辺《わたなべ》といい、昔からの、同じ加賀友禅の職人仲間だという。

その渡辺に、十津川が、聞いた。

「この葬儀で、喪主をしていた娘さん、久保田絵理子さんの様子は、どうだったか、話してくれませんか？」

「絵理子さんにとっては、大変なことだったと、思いますよ。何しろ、お父さんの加賀友禅の制作のほうが、あまりうまく、行っていなかった上に、突然の交通事故死ですからね。でも、彼女、しっかりとした、性格だから、弱音は、吐いていませんでしたけどね」

「葬儀の直後に、絵理子さんが、姿を消してしまったんですよね？」

「ええ、確か、三月三日だったと、思いますが、電話をしたら、彼女、出ないんですよ。それで心配になって、家を、訪ねてみたのですが、その時はもう、姿を、消していました」

「葬儀の時、絵理子さんとは、どんな話をされたんですか？」

「葬儀の時には、特に、何も話しませんでした。ああいう時には、何かと、忙しいものですからね。私が彼女と最後に話をしたのは、葬儀の翌日の、三月二日でした」

「その時は、どんな話を？」

「これでもう、一人になってしまったのだから、何か、困ったことがあったら、何でも相談しなさいと、いいました」

「そうしたら、絵理子さんは、何と、いっていましたか？」

「ありがとうございますといって、頭を下げていましたが、相談は、何も、持ちかけられませんでしたね。大丈夫なのと、聞いたら、ええ、大丈夫ですと、彼女は、キッパリといいました。しかし、心配でしたよ。加賀友禅の職人の、お父さんが、仕事がうまく行かなくて、経営していた会社も、倒産してしまっていましたからね。その上、交通事故死だから、本当は、参っているんじゃないかと、そう思ったので、もう一度、本当に大丈夫と、聞いたんですけどね」

「そうしたら、絵理子さんは、何といいましたか？」

「大丈夫ですと、もう一度いって、笑っていました。その笑顔が、単なる、強がりではないように見えて、ほっとしたのを、覚えているんですよ」

「私は、葬儀の時のテープを、三回見たんですが、やはり、彼女は、落ち込んだ顔をしていますよ。それが、次の日には、明るい顔だったんですか？」

「ええ、そうなんです。それで、ビックリしたんですけど、同時に、安心もしたんです。これから何をしたらいいか、決まったんだなと、そう思いましてね。だって、彼女の両親が交通事故で死んだ時は、本当に、参った顔をしていましたからね」

と、渡辺は、いった。

十津川と亀井は、問題のテープを借りていき、石川県警本部で、中西警部に会った。持っていったテープを中西に渡し、

「この中に映っている、問題の男だけを、プリントして、いただきたいのです」

と、頼むと、中西は、

「この男は、どういう男なんですか？　久保田絵理子の失踪や、石油と、何か、関係のある男なんですか？」

と、きいた。

「それを、今から、調べてみようと思っているのです」

とだけ、十津川は、いった。

テープの中から、何枚かの、同じ男の写真が、プリントされた。その写真を見て、中西警部も、

「見たことのない男ですね」

と、いった。

「加賀友禅の職人さんたちも、あるいは、加賀友禅の関係者も、全員、見たことのない男だ、知らない人だと、いっているのです。それで、何とかして、私は、この男の身許を、知りたいのですよ」

「オーレリア共和国から、急遽、派遣されてきた人間では、ないようですね」

小声で、亀井が、いった。

「あの考えなら、もう、捨てたよ。突然、外国からやって来ても、肝心の、久保田絵理子を探すのは、大変だろうし、もし、見つけたとしても、彼女を説得するのは、外国人には、ちょっと、無理なんじゃないのかな？　とすれば、この男は、明らかに、日本人だ」

と、十津川が、いった。

3

十津川は、どこの誰に、聞いたら、問題の男の身許が、判明するのかが、分からなくて、とにかく、顔の広そうな人間に、会ってみることにした。

最初に会ったのは、加賀信用金庫の金沢支店長の男だった。

「この人を、知りませんかね？」

十津川は、いきなり、問題の男の写真を何枚か、支店長の前に並べながら、聞いてみた。

すると、支店長は、あっさりと、

「ああ、この人なら、知っていますよ」

と、いった。

一瞬、十津川には、その言葉が、信用できなくて、

「本当に、知っているんですか？」

「ええ、知っていますよ」

「どこに行けば、この人に、会えますか？」

「ウチの加賀信用金庫なんですけどね、本店は、加賀市にあるんです。その本店に、査察部という部署があるのですが、そこの部長をやっている人じゃなかったかな？　同じ信用金庫に、勤めていますが、日頃はあまり会うことがないので、断定は、できませんが、確か、この写真の人は、査察部の部長ですよ」

と、いった。

「査察部というのは、どんなことを、やっている部署なんですか？」

と、亀井が、きいた。

「信用金庫の職員のことを、調べたり、預金のことで、お客さんとの間で、トラブルが起きた場合に、それを解決するのも、査察部の、仕事です。普段は、表には出てこない部署なので、今いったように、私も、この人には、一回か二回しか、会ったことが、ないんですよ」

と、いった。

「とにかく、行ってみよう」

十津川が、いい、亀井と二人、加賀市にある加賀信用金庫本店に、向かった。

ＪＲ大聖寺《だいしょうじ》駅の近くにある、加賀信用金庫本店に行く。

そこでまず、問題の写真を見せて、人事部長に、

「この人、こちらの、査察部にいらっしゃいますね？」

「いいえ、もう、いませんが」

と、人事部長が、いう。

「もういない？　辞めたんですか？　それとも、どこか、ほかの支店に行ったんですか？」

「辞めました」

「いつですか？」

「確か、二年前だったと、記憶していますが、ええ、一身上の、都合ですよ」

「まず、この人の名前を、教えてください。それから、いつ辞めたのか、正確な日付と、できれば、履歴書も、見せていただけませんか？」

と、十津川が、いった。

人事部長は、背後の棚から、人事録を取り出すと、そのページを繰っていたが、

「ああ、ここにありましたよ」

と、いい、そのページを開いて、十津川に、示した。

草野《くさの》光一郎《こういちろう》、二年前の、三月十日、一身上の都合により退職。その時の年齢、四十八歳。

本店査察部長と、そこには、書いてあった。

「今、この草野さんが、どこで、何をしているのか、ご存じですか？」

「いえ、分かりません。実は、ウチの理事長に頼まれて、調べたことがあるのですが、辞めた当時、住んでいた市内のマンションからは、すでに、引っ越しています。引っ越し先も、分かりません」

「この加賀信用金庫に入ったのは、いつですか？」

「大学を、卒業してすぐだから、今から、二十七年前じゃないですかね」

「それなのに、二年前の三月、突然、辞めてしまったと、いうわけですね？」

「ええ、そうです。あまりに、急なことなので、ビックリしましたよ」

「彼と仲のよかった行員は、ここには、いませんか？」

「そういう人間は、いませんね。何しろ、仕事が、査察部ですから、行員の、個人調査もやるわけで、あまり親しくなると、業務に支障が、出ます」

と、人事部長が、いった。

最後に、履歴書を、出してもらった。それによると、大学は、金沢市内の国立大学、その政経学部を、出ていた。

十津川たちは、すぐにまた、金沢市内に、引き返し、国立大学を、訪ねてみることにした。

事務局に行き、そこで、問題の男、草野光一郎が、この大学を、卒業した時の名簿と、卒業写真を、見せてもらった。

（その中に、草野光一郎の親友がいてくれれば、何か、つかめるかも知れない）

十津川は、そう思った。

同じ政経学部の、卒業生だけが写っている写真を、見せてもらった。

「この中に、草野光一郎が、卒業した後も親しくつき合っていたような、仲のいい友人は、いないですかね?」

と、十津川が、聞いた。

「確か、高木《たかぎ》君が、親しかったんじゃなかったかな?」

と、事務局長が、いい、並んで写っている卒業写真の中の、草野の隣にいる男を、指差した。

「これが、高木君ですよ。卒業後も、二人が、親しくつき合っているという話を、聞いたことがありますから」

「この高木さんというのは、今、何をしている人ですか?」

と、十津川が、きいた。

「確か、卒業した後、法律事務所に勤めるようになって、勉強して、司法試験に受かったということを、聞いたことがありますよ。よほど嬉しかったのか、本人が、事務局に来て、教えてくれましたから」

「じゃあ、今は一人前の、弁護士になっているんですか?」

「ええ、そうでしょうね。独立して、自分の事務所を、構えたというのを聞きました。その案内の手紙を、もらいましたから」

事務局長が嬉しそうに、いった。

「高木さんは、どこで、法律事務所を開いているのですか？　この金沢市ですか？　それとも、加賀市ですか？」

「私が聞いているのは、金沢市内でしたよ。確か、駅前の、雑居ビルの中に、事務所を構えているということですが」

とにかく、急がなければならなかった。

十津川と亀井は、すぐ、ＪＲ金沢駅近くの雑居ビルに、高木守《まもる》の、法律事務所を訪ねてみた。

それは、七階建てのビルの、三階にあった。小さな法律事務所で、弁護士の高木守と、受付をやっている、二十代の若い女性しかいなかった。

そこで、十津川と亀井は、高木弁護士に、話を聞くことにした。

「高木さんと、草野光一郎さんとは、大学時代も友人だったし、大学を卒業してからもつき合っているらしいと、大学の事務局で、聞いたのですが、間違いありませんか？」

「そうですね。一応は、つき合って、いましたよ」

「今、草野光一郎さんに、話を聞きたいことがあって、探しているのですが、見つからないのですよ。高木さんは、草野さんの連絡先を、ご存じではありませんか？」

「いや、全く、知りません。確か、二年くらい前から、彼が、消息を絶ってしまいましてね。私も彼のことを、探しているのですが、まだ、見つかっていないのです」

と、高木は、いった。

「連絡も、つきませんか?」

「ええ、つきませんね」

「もう一人、探している人が、いるのですが、久保田絵理子という、女性なんです。その女性も、二年前から、行方が分からなくなりましてね。現在、確か、三十代だと思うのですが、この女性のことも、高木さんは、ご存じありませんか?」

亀井が、きくと、高木は、笑って、

「その人は確か、今、金沢に来ている、オーレリア共和国のロハス大統領が、探している人じゃありませんか? 残念ですが、私は、その人に、会ったこともないし、今、どこにいるのかも、分かりません」

と、いった。

十津川は、高木の顔を、じっと見た。

高木は、本当に、知らないのだろうか? それとも、知っていて、ウソをついているのだろうか?

十津川には、何とも、判断がつかなかった。

第七章　解決へ

1

問題の男、草野光一郎、五十歳の交友関係を調べていくと、小日向善三郎という名前が、浮かんできた。

亀井が、目を光らせて、

「この小日向善三郎って、確か、東京で殺された男では、ありませんか？」

「その通りだよ。金沢の、加賀友禅の問屋の主人だ。そして、加賀宝生流の、パトロンでもある。加賀友禅の職人だった久保田絵理子の両親のことも知っていたし、久保田絵理子本人のことも、知っていたんだ」

「そうなると、小日向善三郎を、東京で殺した犯人が、草野光一郎ということも、十分に考えられますね」

「加賀友禅の問屋ならば、おそらく、大きな商いを、していたはずだから、そのための資金を、加賀信用金庫から、借りていたんじゃないのかな？　当然、加賀信用金庫本店で、査察の仕事をやっていた草野光一郎が、小日向善三郎のことを、知っていたとしてもおかしくはないよ。むしろ、よく知っていたと考えたほうが、自然だろう」

と、十津川が、いった。

この事実を、十津川は、石川県警にも知らせたし、金沢に来ている、警察庁外事課の七人にも、知らせた。

中でも、佐久間課長は、

「もし、そうだとすると、草野光一郎という男が、問題の石油の権利を、手に入れたかも知れないな」

と、十津川に、いった。

「その可能性は、大いにあると、思いますね。今から十二年前、オーレリア共和国から来ていた、当時はまだ、青年だったロハス大統領は、自分が好きになった、久保田絵理子に、広い農地の権利書を捧《ささ》げて、帰国した。最初は、久保田絵理子にしても、いくら広い農地とはいえ、金沢から遠く離れたオーレリア共和国にそんな土地をもらっても、仕方がないと、そう思っていたのかも、知れません。しかし、二年前に突然、そこから石油が出て、それが、莫大な権利になることが、分かりました。そこで、何をしたか？　その権利について、草野光一郎が、知っていたとすれば、どう出たか？　私は、その点にも、大いに興味がありますね」

「君は、どう思っているんだ？」

「草野光一郎は、その権利書のことについて、知っていたんだと、思いますね。だから、二年前に、突然、加賀信用金庫を辞めているんです」

「われわれ外事課が、調べたところでは、それは一万エーカーという、やたらに広い農地の権利書で、それを、十二年前のオーレリア共和国のロハス大統領、もちろん、その時はまだ、大統領ではなかったんだが、金沢の加賀信用金庫の、自分の貸金庫に入れて帰国していった。その権利書に、久保田絵理子が、自分の名前を書き込めば、途端《とたん》に、その広大な農地は、彼女のものになることになっていた。その金庫を開けてみると、その権利書は、なくなっていたから、久保田絵理子が、その権利書を、持っていると思うんだがね」

「それで、外事課は、彼女の行方を探すために、総勢七人で、この金沢に、来ているんですね？」

「そうなんだが、残念なことに、久保田絵理子は、依然として見つかっていないんだ。それに、問題の権利書もだ」

と、佐久間が、いった。

「ひょっとすると、久保田絵理子は、すでに殺されているのかも、知れませんね」

十津川が、いうと、佐久間は、急に眉間《みけん》にシワを寄せて、

「どうして、君は、そんなことを、考えるのかね？」

「十二年前、久保田絵理子は、二十二歳だったはずですから、現在、三十歳を、越えています。世の中のことも、よく分かった年齢になっているわけですよ。そして当然、二年前、自分に、ロハス大統領がくれた広大な農地から、石油が出たことも、知っているはずです。それなら、堂々と、名乗り出ればいいんですよ。彼女自身は、何一つ、悪いことは、していないのですからね。もちろん、ロハス大統領は、その農地を返してくれと、いうかも知れません。日本政府も、オーレリア共和国との間を、親密に保ちたいから、久保田絵理子を説得して、その権利書を、返すようにというかも知れません。しかし、一度は、久保田絵理子のものになった土地ですから、タダで返すこともないでしょう。ロハス大統領だって、タダで返せとは、いわないでしょう。おそらく、かなりの金額を、久保田絵理子に払うはずですよ。もちろん、日本の政府だって、タダで返せとは、いわないでしょう。そうなれば、久保田絵理子は、名乗り出るだけで、大金持ちになる可能性が、強いのです。だ

から、名乗り出てくるはずですよ。私なら、そうしますね。だが、いつまで経っても、名乗り出てこない。ということは、すでに、殺されているんじゃないかと、思わざるを得ないのです」

「もし、殺されているとすれば、犯人は、草野光一郎か？」

「そうでしょうね。今のところ、ほかには、考えられません」

「もし、草野光一郎だとすると、少しばかり、おかしなことにならないかね？」

と、佐久間が、いった。

「どうしてですか？」

「その権利書は、もともと十二年前に、ロハス大統領が、久保田絵理子に、贈ったものだろう？　そうだとすれば、その権利書には、久保田絵理子の名前が、記載されているはずだ。草野光一郎が、その権利書を持ち出してきたら、疑われてしまうことになる。権利書に、草野光一郎の名前が入っているとすれば、どうして、その権利書を手に入れたのかと、当然、質問されることになる。ヘタをすれば、久保田絵理子からその権利書を、盗んだとして、草野光一郎は、逮捕されるかも知れない。そういうことに、なってしまうだろう。いずれにしても、草野光一郎は、名乗り出た途端に、莫大な石油の権利を失ってしまうことになるんじゃないのかね？」

「確かに、そう考えることは、可能ですね」

と、十津川は、いった。

2

翌日、金沢市役所に、太田《おおた》という五十代と思える弁護士が、現れた。

彼は、市長に会うと、自分は、草野光一郎の代理人だといい、問題になっているオーレリア共和国の、広大な土地の権利書を持っているといった。

太田弁護士の言葉に、市長は、ビックリして、すぐに、県警本部と、今日限りで金沢を引き上げて、国に帰るというロハス大統領にも連絡を取った。

その後で、市長は、太田弁護士に、

「とにかく、その権利書を、見せてもらえませんか？」

と、いった。

太田弁護士が、カバンの中から、取り出して、市長の前に置いた権利書には、「久保田企画代表　久保田絵理子」と、サインがしてあった。

知らせを聞いたロハス大統領は、秘書の日本人、サトウを連れて、駆けつけてきたし、また、県警の中西警部、そして、警視庁と警察庁からは、十津川と佐久間の二人が、市長室にやって来た。

市長は、まず、問題の権利書をロハス大統領に見せた。

「これは、間違いなく、本物ですか？　十二年前、あなたが、久保田絵理子さんに、あげたものですか？」

「ええ、間違いない。確かに、これは十二年前に金沢に来た時、私が久保田絵理子さんにプレゼントした、当時、ロハス家が所有していた農地の一部の、権利書です。ニセ物ではありません」

と、いった。

それを聞くと、市長は、今度は太田弁護士に向かって、

「この権利書に署名してある、久保田企画代表の、久保田絵理子さんですが、どうして、彼女は今日、あなたと一緒に、ここに来ていないのですか？」

「その久保田絵理子さんですが、今、体を壊されていましてね。それで、現在、病院に入院されているのです」

「どこの何という病院なのか、教えて、いただけませんか？」

「申し訳ありませんが、今は申し上げられません。何しろ、二年前に、オーレリア共和国

から、石油が出ました。久保田絵理子さんも、一万エーカーの土地を持っていますからね。そこから、石油が出ると分かれば、いつ誰に、命を狙《ねら》われるかも知れません。それで、入院している病院も、今はまだ、内密にしておきたいのです」

「あなたは先ほど、草野光一郎さんの代理人として、ここに来たと、いわれましたね？　そうすると、草野さんと、この権利書に名前の記載のある、久保田企画代表の、久保田絵理子さんとは、どういう関係なのですか？」

「草野さんは、今は、辞めておられますが、二年前の三月十日まで、加賀信用金庫の本店に、勤務されていたのです。加賀信用金庫からは、久保田絵理子さんのご両親にも、加賀友禅の伝統を守るためにといって、資金をお貸ししていましたから、ご両親とも、久保田絵理子さんご本人とも、知り合いだったのです。そして、久保田絵理子さんから、オーレリア共和国の土地の権利書を、どうしたらいいかと聞かれたそうです。それで、草野さんは、その権利書は、あなたが、ロハス大統領から、もらったものだから、まずそこに、ご自分の名前を記《しる》しなさい。そうすれば、あなたは、サインをした時から、一躍、大富豪に、なったことになる。そう教えられたそうで、そのアドバイスにしたがって、久保田絵理子さんは、サインをしたのです」

「それで、草野光一郎さんは、今、どこにおられるのですか？」

県警の中西警部が、きいた。

「申し訳ありませんが、それも、今は、申し上げられません。その理由は、久保田絵理子さんの場合と、同じです。この権利書についての、話し合いがつけば、その時点ですぐに、草野光一郎さんに連絡を取ることは、やぶさかではありません」

と、太田弁護士が、いった。

「話がつけばというのは、どういうことですか?」

と、市長が、きく。

「法律に照らして、この権利書に『久保田企画代表　久保田絵理子』と署名している限りは、一万エーカーの土地は、久保田企画のものであり、代表の、久保田絵理子さんのものです。国際法に照らしても、これは当然の権利だと、私は、思っています。ただ、オーレリア共和国にとっては、また、ロハス大統領にとっては、大事な土地を、一万エーカーも一人の日本人女性に、無償で渡してしまったことが、おそらく、政治的な大問題になりそうなのでしょうね。だから、こうして、ご本人のロハス大統領が、わざわざ、金沢まで来ておられる。もちろん、日本政府も心配していると、思いますよ。草野光一郎さんも、いっていますが、この広大な土地の権利を、オーレリア共和国というか、ロハス大統領にお返しすることを、別に躊躇《ちゅうちょ》はしていない。しかし、何といっても、最初は、もらったものであり、また、十二年にわたって、その土地の所有者でもあったわけですから、返還するに当たっては、それ相応の、見返りが欲しい。それは、オーレリア共和国からもらってもいいし、また、日本政府からでも構わない。草野光一郎さんは、そういっているんです。ですから、私が、草野光一郎さんの代理として、ここに来ているわけで、もちろん、私は弁護士の資格も持っております」

「とすると、これから、話し合いということですか？」

と、市長が、きいた。

「ええ、そのつもりで来ています」

太田弁護士は、落ち着いた声で、いった。

3

「問題は、その金額ですが」

市長が、ロハス大統領に代わって、太田弁護士に、きいた。

「もちろん、究極的には、金額ということになりますね。オーレリア共和国としては、いったいいくらぐらい、この権利書の代価として支払う用意が、あるのか、まず、それを、お聞きしたい」

太田弁護士が、いった。

「逆に、そちらは、いくらぐらいなら、話し合いに、応じるつもりなのですか？　それがはっきりすれば、すぐに、日本の外務省にも電話をかけて、そのことを、伝えるつもりです」

と、市長が、いった。

「そうですね。草野光一郎さんから、委託された金額を、申し上げましょう。最低でも一億ドルです」

と、太田弁護士が、いった。

「一億ドルというと、日本円にすると、現在のレートで、百二十億円ぐらいですね」

市長が、考えながら、いった。

「これは、最低の金額です」

太田弁護士が、いった。

ロハス大統領は、日本語と英語を交ぜて、

「私の国家に、その一億ドルを払えといったら、国民は、怒るでしょうね。元々は、私の若気の至りで、久保田絵理子さんに、プレゼントしてしまった土地ですから」

「となれば、オーレリア共和国としては、いくらなら、払えるのですか？」

と、太田弁護士が、きいた。

「その半額ならば、何とか私のプライベート・マネーで払えます」

ロハス大統領が、いった。

「では、あとの半額は、日本国が払ってくれるというわけですか？」

太田弁護士が、市長に向かって、いった。

市長はすぐ、外務省に、電話をかけた。そして、今の状況を、説明した後、

「問題は、その土地を売却する値段を、最低一億ドルと主張しているのです。その半分を、ロハス大統領が持つといっていて、問題は、残りの半額五千万ドルですが、それは政府が補償《ほしよう》してくれますか？」

と、電話の相手に、いった。

しばらくすると、市長は、電話を切り、

「少し考えさせて欲しいと、今、大臣がいわれました」

と、いった。

結局、太田弁護士が要求した、一億ドルについて、ロハス大統領が、半分の五千万ドルを持ち、日本国として、政府が半分の五千万ドルを支払うということで、だいたいの話が

ついた。

その後で、太田弁護士は、その場にいた十津川と、県警の中西警部に向かって、

「金額については、一応の合意が、成立しましたが、草野光一郎さんが、現れた場合、まさか警察は、彼を逮捕しないでしょうね？　日本のため、あるいは、オーレリア共和国のために、わざわざ、私を代理人にして、今回の提案をしたわけですから」

と、いった。

十津川は、県警の中西警部と、顔を見合わせた後で、

「そういう約束は、できませんね。草野光一郎さんには、東京で、小日向善三郎という男性を殺した容疑が、かかっているのです。ですから、もし、草野さんが、現れた場合は、逮捕して、訊問《じんもん》します」

「それは、本音でいっておられるのですか？　草野さんが、ヘソを曲げたら、これは国際問題に発展してしまうのですよ。それでも、警察は、草野光一郎さんを逮捕すると、いうのですか？」

太田弁護士が、挑発的な眼で、十津川を睨んだ。

「私は、警察の人間ですから、東京で起きた殺人事件について、その容疑者を、見逃すわけにはいかないんですよ」

「そうですか。誠に残念ですね。せっかく、こうして、問題の権利書を持ってきたのに」

太田弁護士が、憮然《ぶぜん》とした顔で、いった。

市長が、慌てた様子で、

「どうするんですか？」

「残念ながら、この高価な権利書を、持って帰ることにします。申し訳ないが、この取り引きは、なかったことにしていただけませんか？」

と、いって、太田弁護士が、立ち上がった。

市長は、さらに慌てて、

「警視庁の十津川さん、何とかなりませんか？ このままでいけば、間違いなく、国際問題になってしまいますよ」

「その権利書ですが、持ち帰って、どうするのですか？ 簡単には、お金には、ならないでしょう？」

十津川が、いうと、太田弁護士は、小さく笑って、

「今、世界中で、みんなが、欲しがっているのは石油ですよ。これは、何といっても、石油の層が見つかっている、広大な土地の、権利書ですからね。石油を欲しがっている国や人間ならば、二つ返事で買ってくれるんじゃありませんか？ まさか、十津川さんも、そ

の買ってくれた人を、逮捕するわけにはいかんでしょう？」

と、脅かすように、いった。

「十津川さん」

と、市長が、睨むように、十津川を見て、

「どうにか、なりませんか？　第一、草野光一郎さんが、誰を殺したと、十津川さんは、考えておられるのですか？」

「東京で殺された、小日向善三郎さんですよ。小日向さんというのは、金沢の、加賀友禅の、問屋さんでしょう？　それに、加賀宝生流のパトロンだとも、聞いたことがあります。もちろん、久保田絵理子さんのことも、知っていました」

「小日向善三郎さんならば、私も知っていますがね。草野光一郎さんが、殺したという証拠でも、あるんですか？」

「今は、状況証拠しか、ありませんが、私は、草野光一郎さんが、小日向善三郎さんを殺したと、確信していますよ」

「ですから、その理由を、お聞きしているんですよ」

「それは、まだ申し上げられませんが、とにかく、草野光一郎さんが現れたら、逮捕して取り調べます」

「分からん人だなあ」

市長が、声を上げた。

「これは、国際問題になりそうなんですよ。権利書を取り戻さないと、オーレリア共和国にとっては、莫大な損失でしょうし、ヘタをすれば、ここにおられるロハス大統領は、大統領の地位を、追われるかも知れないんですよ。その上、オーレリア共和国とわが国の間の石油の輸出入についての取り決めも、ダメになってしまうかも知れませんよ。問題の権利書を、わざわざ、売却しても構わないといっている善意の草野光一郎さんを、日本の警察は、どうして、殺人事件の容疑者として、逮捕しようとするんですか？　そんなことをしたら、日本政府だって、困ってしまうじゃありませんか？　十津川さんには、国際問題化したら困るという意識は、ないのですか？」

「いや、私にだって、そういう意識が、ないわけじゃありませんよ。しかし、刑事として、東京で起きた殺人事件を、ずっと追ってきていますからね。その容疑者が、やっと分かったのに、見過ごすというわけには、いかないんです。だから、草野光一郎さんがどこにいるかが、分かったら、すぐ彼を逮捕し、訊問するつもりです」

「こうなると、やはり、この権利書は、ほかの国か、ほかの人間に、売ってしまうよりほかに、仕方がありませんね」

と、いって、太田弁護士が、立ち上がった。

それまで黙っていた、警察庁外事課の佐久間課長が、十津川に向かって、

「今から、私が、警視庁のお偉方《えらがた》に、電話をしよう。そしてもし、お偉方が、君に向かって、国際問題化する場合は、事件の捜査を打ち切って帰京しろと、そういってきたら、君は、どうするかね？　部下を連れて、帰京するかね？」

「上司の命令には、逆らえません」

「それで決まった。これから、私が電話をしよう」

と、佐久間が、いった。

4

佐久間課長が、警視庁に電話をし、その後、十津川の上司である、三上刑事部長から、十津川に電話がかかってきた。

「話は聞いた。世界のため、あるいは、この日本のために、しばらく、東京の殺人事件については、忘れたほうがいいな。そうしないと、問題がこじれて、本当に、国際問題化しかねないからね。君にもいい分が、あるだろうが、ここは、私のいうことに、黙って従っ

てくれないか？」

「分かりました。刑事部長の、おっしゃる通りにします。ただ、しばらくというのは、いつまでですか？」

「全てが、無事に収まるまで、東京の殺人事件の捜査は控えるということだ。ロハス大統領が、その問題の権利書を手に入れるために、五千万ドルを支払う手続きをする。日本政府も、残りの五千万ドルを、支払う手続きをする。そういうことが、全て済んでから、捜査を再開してはどうかね？」

「大金を、手に入れた草野光一郎は、海外に逃亡してしまうかも知れません。それに、もう一つ、問題があるのです」

「まだあるのか？」

「現在、問題になっている土地の権利書には『久保田企画代表　久保田絵理子』という署名がしてあります。ひょっとすると、その署名をした後、草野光一郎が、膨大な権利金に目がくらんで、久保田絵理子を、殺してしまっているかも知れないのです。そして、もちろん、久保田企画は、草野光一郎が、引き継ぐ。その手続きは、草野の友人の、太田弁護士がやるのではないのか？　私は、そんな危惧《きぐ》を、持っているのです」

「久保田絵理子も、その草野光一郎なのか？」

「十分に、その可能性はあります。何といっても一億ドルですから」

「それも、全てが、片付くまで待ちたまえ。理由は、今いったことと、同じだ」

「上司の命令とあれば、従いますが、草野光一郎は、間違いなく、海外に逃亡しますよ。一億ドル持ってです」

「そのことは、その時になって、考えればいいじゃないか？　今は、日本のためにも、オーレリア共和国のためにも、この問題は、表面化させないほうが、いいんだ。そのことを、君は、よく自分にいい聞かせていたまえ」

そういって、三上刑事部長は、電話を切った。

十津川は、市長に向かって、

「しばらく、東京で起きた殺人事件については、忘れることにします」

と、いった。途端に、市長は、笑顔になって、

「そうしてください。そうすれば、問題は、うまく、片付くと思いますね」

5

ロハス大統領は、明日中に国に帰り、五千万ドルを、太田弁護士が指定する、東京のN

銀行の、草野光一郎名義の口座に、振り込むと、約束した。日本の外務省のほうも、同じく五千万ドルを、草野光一郎の口座に、振り込むと約束した。

しかし、合計で一億ドルである。そう簡単に、右から左へと、支払い手続きを取るわけにはいかない。

そこで、明日いっぱいかけて、その手続きをし、明後日、太田弁護士が、持ってきた土地の権利書と交換することに、決まった。

つまり、あと二十四時間、十津川には、裏に回って何かをする余裕が、与えられたことになる。

警察庁外事課の七人は、十津川の捜査には、反対した。もちろん、市長もである。

唯一《ゆいいつ》、賛成してくれたのは、石川県警の中西警部だけだった。それでも、

「私も、正直にいって、ヘタをすると、これは国際問題に、発展してしまうと思っていますから、十津川さんの捜査には協力しますが、表立っての捜査は、ちょっと難しいんじゃありませんか？」

「その点は、もちろん、私も分かっています。ですから、表立って、おおっぴらな捜査はしません」

と、十津川は、約束した。

十津川は、県警の中西警部にも、手伝ってもらって、草野光一郎という男の周辺を、徹底的に、調べることにした。

草野光一郎が、東京で殺された小日向善三郎を、知っていたことから、十津川は、草野を容疑者と、考えたのだが、ほかにも、何人かの名前が、捜査の段階で、挙がってきた。

高橋啓吾《たかはしけいご》という名前が、浮かんできた。高橋啓吾は、現在三十歳。もちろん、金沢市内に住む人間だが、ある意味、かなりの有名人だった。

高橋啓吾は、暴力団M組の、構成員だったが、二十七歳の時に足を洗い、その後は、金沢市内で、小さな運送業の会社を始めた。

事業の資金が不足したので、加賀信用金庫に融資を申請したが、その時、高橋の経歴から、融資はできないと、いったんは、断られてしまった。

しかし、本店で査察をやっていた、草野光一郎は、融資をすることに踏み切った。

そして、高橋啓吾は、その運送会社を、二年前までやっていたのだが、赤字が重なり、加賀信用金庫への返済が、できなくなっていた。

そして現在、高橋啓吾自身、借金を残したまま、どこかに、姿を消してしまった。

「その高橋啓吾が、失踪した日というのが、偶然かどうか、分かりませんが、草野光一郎が、二年前に加賀信用金庫に辞表を出し、辞めたときと、ちょうど同じ時期なんですよ」

中西警部が、十津川に教えてくれた。

「興味深い話ですね」

「もう一つ、面白い話を、お教えしましょうか？　十津川さんもご存じのように、二年前の二月二十七日、交通事故で久保田絵理子の両親が、亡くなっています。その軽自動車のぶつかった相手が、辻村健という三十五歳の運転手が、運転していた大型トラックだったんですが、この辻村健という男は、高橋啓吾がやっていた運送会社で、働いていたこともあるんですよ」

「なるほど、ますます、この高橋という男に興味を覚えますね」

話しながら、十津川の頭の中では、一つのストーリーが、でき上がっていた。

草野光一郎には、自分のいうことを聞く人間が、二年前に、いたことになる。元暴力団の構成員で、足を洗って、小さな運送会社を、経営していた男、高橋啓吾である。

その男には、当時、加賀信用金庫で、査察の仕事をしていた草野光一郎の独断で、融資が行われた。その運送会社は、半年後に、潰れてしまったが、高橋啓吾は、草野光一郎に、恩義を、感じていたに違いない。

二年前の二月十八日、草野光一郎の指示を受けて、高橋啓吾は、自分のところで働いていた、辻村健というトラックの運転手に話をつけた。それから、自分の運転する車を、久保田絵理子の両親が運転する軽自動車に、後ろから、追突させた。

突然、後ろから当てられて、アイスバーンで滑ってしまい、そして、そこに、待ち構えていた大型トラックに、激突してしまった。

「まず、この高橋啓吾を、見つけ出したいですね」

十津川が、いうと、中西警部は、

「それは、われわれに、任せてください。この金沢には、私のほうが、詳しいし、高橋が、以前所属していたM組に、話をしてみますよ。高橋のような男を探すには、そのほうが早いと、思いますから」

と、いった。

その中西警部の、推測が当たっていて、高橋啓吾が、二十七歳まで所属していた金沢市内の暴力団M組が、高橋啓吾を見つけ出して、県警に知らせてきた。

中西たちは、M組が知らせてきた、和倉温泉内の旅館に、潜《ひそ》んでいた、高橋啓吾を逮捕した。

その高橋啓吾の訊問には、十津川も立ち会った。

「君が、何をやったかは、大体想像がついているんだ」

中西は、最初から、脅かすように、高橋に、いった。

「君は、暴力団M組に所属していたが、二十七歳の時に足を洗い、金沢市内で、運送業を始めた。その時、君は、加賀信用金庫に、事業資金の融資を頼んだが、最初、君の経歴から考えて、加賀信用金庫は、君への融資を断った。しかし、加賀信用金庫で、査察の仕事をやっていた草野光一郎が、君への融資を、認めたので、君は、運送会社を開くことができた。その後、その仕事は、うまく行かなくなったが、しかし、君は、草野光一郎に、恩義を感じていたはずだ。男なら、当然だね。そうなんだろう？」

中西警部が、聞くと、高橋は、黙って、小さく肯く。男なら、というセリフが効いたのだろう。

「二年前、正確にいえば、二年前の二月十八日、君は、草野光一郎から、あることを、頼まれた。金沢市内で、加賀友禅の職人をやっていた久保田夫妻を、消すことだ。草野に恩義を感じていた君は、その仕事を、引き受けた。そうだね？」

高橋は、今度は肯かず、ただじっと、中西警部の言葉を聞いていた。

中西は、続けて、

「君が、頼まれた仕事、それは、つまり、久保田夫妻を殺すことだ。それを、どうやったかは、分かっているんだ」

と、いった。

「君は、前に、君のところで、トラックの、運転手をやっていた辻村健に、トラックを、運転させて、金沢市内のある場所で、待ち伏せするように命じた。そうしておいてから、おそらく、君自身が、運転したんだと思うが、君は車を運転し、ある場所まで来たところで、久保田夫妻の軽自動車に、後ろからぶつけたんだ。道路は凍結して、アイスバーン状態になっていたから、後ろから追突された、久保田夫妻は、慌ててハンドルを切ったが、スリップして、自分のほうから、待ち構えていた大型トラックにぶつかってしまった。そして、フロント部分が壊れ、運転していた久保田も、助手席に乗っていた久保田の奥さんも、意識不明の重態となり、二十七日に死亡してしまった。君は、上手《うま》くやったと、思っただろうが、フロント部分が、壊れて死んだのに、問題の軽自動車は、後部の尾灯やバンパーまでもが壊れていたんだ。これは、明らかに、別の車に、後ろから追突されて、その時に、壊れたものだと考えざるを得ない。これを、他人に依頼しては、後で問題になるので、追突する車のほうは、君自身が、運転していたはずだ。そうなんじゃないのか?」

十津川が、聞くと、高橋は、今度はまた、黙って肯いた。

「もう一つある」

と、十津川が、いった。

「今回、オーレリア共和国の、ロハス大統領が来日した。その第一日目、東京で、小日向善三郎という男が殺された。この金沢市内で、加賀友禅の問屋をやっていた、そこの社長だ。そして、加賀宝生流の、パトロンでもある。その男は、ロハス大統領が泊まったホテルの、近くの高層ビルの屋上で、能を舞っている時に、殺されてしまったのだ。この犯人も、君じゃないのかね？」

十津川が、きくと、初めて高橋は、首を横に振った。

「君がやったんじゃないのか？」

「俺じゃない。俺は、東京には、一度も行ったことがない」

怒ったような口調で、高橋が、いった。

「ウソは、ついていないだろうね？」

中西警部が、きくと、

「俺は、前の一件は、認めているんだ。本当にやっていれば、二件目だろうが、三件目だろうが、俺がやったと、正直にいうさ。でも、今もいったように、俺は一度も、東京には行ったことがないんだ。ウソじゃない」

と、高橋が、いった。

「だとすれば、やったのは誰だ？　草野光一郎か？　今でも、草野光一郎とは、連絡を取り合っているんじゃないのか？」

中西が、きいた。

「その質問には、ノーコメントだ」

「そんなことをいっていると、情《じょう》状《じょう》酌《しゃく》量《りょう》は、されなくなるぞ。死刑になっても、いいのか？」

「今さら、死刑に、ならないが、あるのか？」

高橋が、きいた。

「今は、何ともいえないが、われわれの捜査に協力すれば、情状は酌量する。それは、約束する」

と、中西が、いった。

「それならOKだ。今でも、草野光一郎とは連絡を、取っているが、俺のほうからは、連絡が取れないんだ。向こうの携帯の番号を、教えてもらっていないからな」

「向こうからは、電話がかかってくるのか？」

「草野は、俺の携帯の番号を、知っていて、時々、かけてくる。それが、俺たちの、唯一の連絡方法なんだ」

「草野光一郎が、ロハス大統領と日本の政府から、それぞれ、五千万ドルずつ、合計で一億ドルもの、大金を手にすることを、君は知っているか？」

「そのことなら、ニュースで見たから、知っている。一億ドルといったら、百二十億円ぐらいじゃないか？　それなら、俺にも分け前をくれるだろう。そう思っているんだが、まだ、連絡がないんだ」

「草野光一郎は、どうして、久保田絵理子の所有している土地の権利書を、持っているんだ？」

十津川が、きいた。

「俺は、そんなことは知らない」

「では、草野光一郎と繋がっていて、その間に、久保田絵理子の姿を、見たことがあるか？　現在、確か三十四歳のはずなんだが」

そういって、十津川は、十二年前の久保田絵理子の写真を、高橋に見せた。

「美人だな」

「今でも、美人のはずだ。草野光一郎の周辺に、この女性は、いなかったか？」

重ねて、十津川が、きいた。

「いや、こんなきれいな女は、一度も見たことがない。本当に、この女が、草野光一郎のそばにいるのか？」

「草野は、そういっている」

「それは、おかしいな。何回もいうが、こんな女、見たことがない」

と、高橋が、いった。

「草野とのつきあいはいつからなんだ？」

「あれは俺が、加賀信用金庫から、融資を受けた頃からだよ」

「今から、何年前だ？」

「二年半前だ」

「それは、間違いないだろうな？」

「ああ、間違いない。二年半前だよ」

「その融資だが、突然、決まったのか？」

「ああ、二年半前に、突然、決まったんだ。それなのに、草野は、それから、加賀信用金庫を、辞めてしまったんだ」

「では、草野とは、どこで、会っていたんだ？　彼は、君に融資をしてから、加賀信用金庫から、いなくなってしまったんだろう？　そうなると、どこで、会っていたんだ？」

「さっきもいったように、向こうから、一方的に電話がかかってくるんだ。ホテルで会ったり、金沢市内の、喫茶店で会ったりしていたが、その時は、いつ会っても、草野のそばには、女なんかいなかった。ウソじゃないよ。いや、ウソをついたってしょうがないだろう、こんな話で」

と、高橋が、いった。

「携帯を持っているな？」

「ああ、持っている」

「草野光一郎から、電話がかかってきたら、すぐに出るんだ。そうして、こういいたまえ。あんたが、大金を儲けたのは知っている。もし、俺に、その分け前をくれなければ、あんたがやったことを、全てバラす。そういって、会う場所を、決めるんだ」

「そうすれば、俺のことを情状酌量してくれるのか？」

「ああ、考える」

中西警部が、いい、十津川も、肯いた。

話は決まったが、その後、高橋啓吾の携帯は、なかなか鳴らなかった。

その間に、中西警部が出前を取ってくれて、十津川と亀井は、それを、金沢の県警本部の中で食べることにした。

「やっぱり、久保田絵理子は、殺されていると見て、いいんでしょうね？」

箸《はし》を動かしながら、亀井が、いった。

「私も、同感だ。草野光一郎は、二年前の三月一日、久保田絵理子の両親の葬儀が行われた時、寺にやって来て、何か、久保田絵理子に、話しかけていたという証言がある。おそらく、その時、草野光一郎は、久保田絵理子から、問題の土地の権利書を取り上げようと、考えたんじゃないだろうか？　そこに自分の名前を書くのはまずいので、『久保田企画代表　久保田絵理子』と、絵理子にサインするように勧めたんだ。そうすれば、莫大な金が、彼女の手元に、転がり込んでくる。当時、両親が死に、身内がいなくなって不安がっていた、久保田絵理子は、草野光一郎にいわれるままに、『久保田企画代表　久保田絵理子』と書いた。そうしておいてから、草野は、久保田絵理子を殺したのではないだろうか？　そして、問題の土地の権利書を、手に入れたんだ」

「そうなると、久保田絵理子を殺したのは、草野光一郎本人と、いうことになってきますね」

「それは、間違いないと思う。その前から、草野は、自分の指示に従って動いてくれる人間を、探したんだ。そうして、元暴力団員で、現在は足を洗って、運送会社をやろうとしている高橋啓吾に、目をつけた。高橋は、加賀信用金庫からの融資を当てにしていたが、過去の経歴が邪魔をして、融資を受けられずに困っていた。そこで、当時、査察部長をしていた草野光一郎は、自分の一存で、高橋啓吾への融資を決めた。当然、高橋のほうは、草野光一郎に、恩義を感じてしまう。その融資が決まったのは、二年半前だと、高橋は、いっている。そして、久保田絵理子の両親が、自動車事故にあったのは、二年前の二月十八日だ。草野は、二年半前に、高橋に恩を売っておいてから、その六ヵ月後に、久保田絵理子の両親を、高橋啓吾に、殺させた。そういうストーリーに、なっているんじゃないだろうか？」

「後は、東京の、殺人事件ですね。高橋啓吾は、東京には、一度も、行ったことがないといっているから、犯人は、草野光一郎ということになってきます」

「そうなってくるね」

「しかし、どうして、草野光一郎は、小日向善三郎を、殺したんでしょうか？　小日向は、ただ単に、十二年前、自分の知っている加賀友禅の職人の娘、久保田絵理子が、ロハス大統領に、捨てられたと思い込んで腹を立て、十二年ぶりにやって来たロハス大統領に、加賀宝生流の能を、見せたわけですよね？　若い女が男に捨てられるストーリーの能ですよ。それを見せて、ロハス大統領に、十二年前のことを思い出させようとしたとしか、考えられませんが、そういう小日向善三郎を、どうして殺したのでしょうか？」

「一つだけ、想像できることがあるよ。ロハス大統領が、来日した時、草野光一郎は、すでに、問題の土地の権利書を手に入れていた。久保田絵理子の両親は、死亡しているし、久保田絵理子自身も、土地の権利書にサインをした後、殺してしまっていたんじゃないか。

だから、うまく動けば、草野は、大金を手に入れることができると、そう思っていた。そこへ、小日向善三郎が、来日したロハス大統領に、十二年前のことを、思い出させてやろう、説教してやろうと、考えて、動き始めた。草野は、昔、加賀信用金庫の査察部長で、小日向善三郎のやっている、加賀友禅の問屋にも融資をしたことがあったろうから、小日向のことは、よく知っていたと思う。それで、小日向が、つまらないことをするのを、草野が知って、その影響を恐れたんだ。ロハス大統領が怒って、帰国してしまうのではないか？　そうなれば、当てにしている大金も、手に入らなくなる恐れがある。そこで、草野は、小日向善三郎を東京まで追いかけていって、妙な加賀宝生流の能を止めさせようとして、つい、殺してしまった。そんなところじゃないのかね？」

6

「今、高橋啓吾の携帯に、電話が入っています」

中西警部が、小声で、十津川に教えてくれた。

食事を途中で止めて、高橋に目をやると、携帯で盛んに、話をしている。

十津川たちは、耳を澄まして、応答している高橋の声を、聞いていた。

高橋は、十津川や中西警部がいった通りのことを、相手に、いっていた。

「あんたが、大金を手に入れたことは、ちゃんと分かっているんだ。俺に分け前をくれないと、警察に駆け込んで、何もかもしゃべってしまうぞ」

「場所は？　金沢駅前の、雑居ビルの五階にある喫茶店、そこに、今から一時間後だな。その時には、俺の取り分も、ちゃんと、持ってきてくれるんだろうな？」

「ああ、それならいい。じゃあ、一時間後。必ず、分け前を持ってこいよ」

と、いって、高橋が、電話を切った。

「今から一時間後か？」

中西警部が、高橋に、声をかけた。

「ああ、一時間後だと、草野は、いっている」

「場所は？」

「金沢駅前の、雑居ビルの五階にある喫茶店だ。確か、『プチモンド』という名前だ。そこで会うことになった」

「ウソは、ついていないな？」

「刑事さんも疑《うたぐ》り深いな。ウソのつきようがないだろう？」

「そこに分け前を持ってくる。そういったんだな？」

「ああ、そういったよ」

「分かった。一時間後に、君は、その雑居ビルの喫茶店に行け」

と、中西が、いい、十津川に向かって、

「いよいよ、フィナーレですね」

7

ＪＲ金沢駅の前には、ビルが多くあった。そのほとんどが、ホテルや大手企業の所有するビルだが、その中に、雑居ビルがあり、その五階に「プチモンド」という名前の喫茶店があった。

県警の刑事、そして、十津川たちは、県警の覆面パトカーに分乗して、その雑居ビルに向かった。

まず、草野光一郎が、五階の喫茶店から逃げ出した時のことを、想定して、ビルの表と裏の出入り口全てに、刑事を配置し、その後、中西警部、十津川、亀井たちが、五階にある喫茶店「プチモンド」に上がっていった。

すでに、高橋啓吾のほうは、先に店に入って、窓際のテーブル席に、腰を下ろしている。

喫茶店の周囲にも刑事を配置し、中西と十津川の二人が、店の中に、入っていって、入り口付近に、腰を下ろした。コーヒーを注文し、それを口に運びながら、草野光一郎が、現れるのをじっと待った。

なかなか、草野光一郎は、現れない。

三十分近くも約束の時間から遅れて、やっと、草野が、現れた。

帽子を目深《まぶか》に被り、サングラスを、かけている。

店に入ってくると、まっすぐに、高橋啓吾の座っているテーブルに向かい、彼の前に、腰を下ろした。

草野が、コーヒーを注文するのを待ってから、十津川と中西警部は、ゆっくりと腰を上げた。

草野と高橋が座っているテーブルに向かって、歩いていく。

一瞬、テーブルを、倒すような勢いで、草野が、立ち上がった。

「裏切りやがって！」

と、怒鳴る。

次の瞬間、草野は、ジャンパーの内ポケットから、拳銃《けんじゅう》を取り出すと、目の前の高橋に向けて発砲した。

中西警部も十津川も、草野が、いきなり発砲するとは思わなかったので、一瞬、立ちすくんだが、それでも、

「止めろ！」

と、大きな声を出し、二人は、草野に向かって突進した。

撃たれた高橋は、床に倒れ、苦しそうに、うなり声を、上げている。胸から血が噴き出している。

草野が、今度は、拳銃を中西警部のほうに向けた。

引き金を引く。銃声が響く。

弾丸は、中西警部の頬をかすめていった。

十津川は、草野に向かって、飛びついた。

草野が、手に持った拳銃で、飛びついてくる十津川を殴った。

銃口が、十津川の顔に当たる。血が噴き出す。

しかし、構わずに、十津川は、草野の体にしがみついた。

一緒に倒れる。

そこに中西警部も、飛びついてきた。

店の周囲に潜んでいた県警の刑事たちが、ドッと店の中に入ってきた。

「観念しろ！」

と、中西警部が、怒鳴った。

8

救急車が呼ばれ、負傷した高橋啓吾が、すぐ病院に運ばれた。幸い、弾丸は、心臓を外れていたので、命には別状がないと、手術をした医者が、いった。

草野光一郎を逮捕し、金沢東警察署に留置した後、十津川は亀井と二人で、高橋啓吾の入院している病院に、見舞いに向かった。

手術を済ませて、ベッドに横たわっていた高橋は、十津川の顔を見るなり、

「あの野郎、俺のことを、殺そうとしやがった」

と、いった。

十津川は、小さく笑って、

「あの後、草野の身体検査をしたら、金目のものは、何も持っていなかった」

「何も、持っていなかったって？」

「ああ、そうだよ。草野は、あんたには、一円もやらないつもりだったんだ。最初から、

あんたを殺そうと考えて、拳銃を持って、あの喫茶店に行ったんだよ」

「あの野郎」

「これで、君も心おきなく、証言できるんじゃないのかね」

と、十津川が、いった。

この作品はフィクションであり、実在の個人・団体・事件などとは、いっさい関係ありません。（編集部）

二〇〇七年十月　講談社ノベルス刊
二〇一〇年六月　講談社文庫刊

光文社文庫

長編推理小説
十津川警部《とつがわけいぶ》　金沢《かなざわ》・絢爛《けんらん》たる殺人《さつじん》
著者　西村《にしむら》京《きよう》太郎《たろう》

2019年2月20日　初版1刷発行

発行者　鈴木広和
印刷　堀内印刷
製本　ナショナル製本

発行所　株式会社　光文社
〒112-8011　東京都文京区音羽1-16-6
電話（03）5395-8149　編集部
8116　書籍販売部
8125　業務部

ISBN978-4-334-77804-0　Printed in Japan

組版　萩原印刷